Angela Waidmann

Das Geheimnis von Frauenchiemsee
Mysteriöser Inselkrimi

W0075102

Chiemgauer**Verlagshaus**

ANGELA WAIDMANN

DAS GEHEIMNIS VON FRAUENCHIEMSEE

MYSTERIÖSER INSELKRIMI

Chiemgauer**Verlagshaus**

2. Auflage 2021

Copyright © 2020 Angela Waidmann

Chiemgauer Verlagshaus
Dahlienweg 5, 83254 Breitbrunn
www.chiemgauerverlagshaus.de

Alle Rechte vorbehalten

Lektorat: Susanne Rick

Coverdesign und Satz: Constanze Kramer

Bildnachweise: © CVH,
© photopixel – stock.adobe.com

Druck: Chiemgauer Verlagshaus

Printed in Germany

ISBN 978-3-94529-249-5

INHALT

STIMMEN IN DER DUNKELHEIT

Wie ein Schmuckstück auf blauem Samt lag die Fraueninsel in dem leicht gekräuselten See. Elfenbeinweiß leuchteten die hohen Gebäude des Klosters zwischen den goldenen Kronen der Bäume in ihrem herbstlichen Laub.
Dahinter ragten die schneebedeckten Gipfel der Chiemgauer Alpen in den fast wolkenlosen Himmel.

Reginas Herz schlug schneller. Wie hatte sie sich auf
diesen Urlaub gefreut. Und nun stand sie an der Reling
der Fähre, die sie zu der Insel bringen würde und genoss
den Fahrtwind, der in ihren langen, schwarzen Haaren
wühlte und Wassertröpfchen auf ihre Wangen zauberte.

Am nächsten Morgen schon würde der Meditationskurs im Kloster Frauenwörth beginnen, zu dem sie sich
angemeldet hatte, und sie fragte sich, wie sich das Meditieren wohl anfühlen würde. Sie hatte schon so einiges darüber gehört und gelesen, aber am eigenen Leib
erfahren hatte sie es noch nicht.

Schaukelnd drehte die Fähre bei und legte sacht an
einem hölzernen Steg an, der weit in den See hinein-

reichte. Als einziger Fahrgast stieg sie aus und ging ohne Eile auf die Insel zu. Ein paar Blesshühner ließen sich zu ihrer Linken von den Wellen auf den mit kiesbedeckten Strand zutreiben, und zahlreiche Enten hatten es sich zwischen den efeubewachsenen, gekrümmten Bäumen am Ufer bequem gemacht, um sich das Gefieder zu putzen.

Sie blieb stehen und schloss für einen Moment die Augen. Wie still es hier war … Kein Autolärm war zu hören, ja nicht einmal Hundegebell oder irgendwelche menschliche Stimmen. Am Ufer bummelten nur wenige Spaziergänger entlang.

Sie stieß einen wohligen Seufzer aus. Nun erst spürte sie, wie erschöpft sie war. Kein Wunder, denn hinter ihr lagen anstrengende Wochen. Noch am Morgen hatte sie vor lebhaften Schülern Unterricht gehalten, die mit ihren Gedanken längst in den Herbstferien waren und sich nur noch leidlich auf den Stoff konzentrierten.

Vor ihr stand das hohe, weiß getünchte Gebäude eines Gasthauses, das ein Schild über dem Eingang als Klosterwirt auswies.

Dort, so beschloss sie, würde sie sich nach der langen Anreise einen Kaffee gönnen. Doch zuvor wollte sie noch ihr Gepäck loswerden. Eingehend studierte sie den Inselplan, der am Ende des Steges aufgestellt war und nahm den Weg am Klosterwirt vorbei hügelaufwärts zum Kloster.

Da erst sah sie ihn. Leicht gebeugt lehnte der alte Mann am Stamm einer ausladenden Linde. Wegen seiner dunklen Kleidung schien er förmlich mit dem Schatten des hohen Baumes zu verschmelzen, und wegen der breiten Krempe seines schwarzen Huts erkannte sie erst, als sie an ihm vorbeiging, dass sein linkes Auge milchig-weiß und blind in seiner tiefen Höhle schwamm. Doch sein gesundes Auge musterte sie mit einem eigenartig intensiven Blick.

Ob er wohl auf jemanden wartete? Allerdings war sie als Einzige hier ausgestiegen.

Ein wenig ratlos sah sie sich nach dem Alten um und bemerkte, dass er ihr mit einem Anflug von Erschrecken oder vielleicht auch Erstaunen hinterherschaute. Unendlich einsam und beinahe zerbrechlich wirkte er. Vielleicht hatte er sich ja auf Besuch gefreut, der jedoch nicht gekommen war.

Nach ein paar wenigen Schritten hatte sie auch schon den gewölbten Durchgang der Klosterpforte erreicht, dessen eisernes Gitter einladend offenstand. Von einer freundlichen Empfangsdame in einem adretten Dirndl bekam Regina ihren Zimmerschlüssel und einen Gebäudeplan, der ihr den Weg zu ihrem Quartier für die nächsten Tage wies. Ihren kleinen Rollkoffer hinter sich herziehend durchquerte sie einen Innenhof mit von Hecken gesäumten Rasenflächen und Rosenrabatten. Sich links haltend erreichte sie den Gästetrakt, ging über knarrendes Parkett einen Flur entlang, dann eine Treppe hinauf in den ersten Stock, wo ihr Zimmer lag.

Die Einrichtung war einfach, aber gemütlich: ein Bett mit einem geblümten Überwurf, ein kleiner, runder Tisch mit zwei Stühlen, ein antiker, sorgsam restaurierter Kleiderschrank und ein bequem aussehender Sessel vor einem großen Fenster, durch das viel Licht hereinfiel.

Ja, dachte sie, hier würde sie sich wohlfühlen.

Während sie ihren Koffer öffnete, ertappte sie sich bei dem Gedanken, am liebsten auf das weiche Bett zu sinken und ein bisschen zu schlafen. Andererseits war sie viel zu neugierig auf diese ganz besondere Insel mit dem uralten

Kloster und den wohl ebenso alten sagenumwobenen Linden. Und ein Kaffee im Klosterwirt würde ihre momentane Müdigkeit sicherlich vertreiben. Schnell räumte sie ihre wenigen Sachen in den Schrank, steckte den Reiseführer, in dem sie während der Zugfahrt schon so einiges gelesen hatte, in ihre Handtasche und machte sich wieder auf den Weg.

Unter der Eingangstür des Wirtshauses blieb sie stehen und ließ ihren Blick durch den fast leeren Gastraum schweifen, der unter einer von dicken Säulen getragenen Gewölbedecke lag. Über dem Eingang hatte sie die Jahreszahl 1514 bemerkt, und sie zweifelte keinen Moment daran, dass dieser Raum tatsächlich über 500 Jahre alt war. Bei der Anmeldung hatte sie erfahren, dass sie hier mit den anderen Kursteilnehmern frühstücken und zu Abend essen würde. Das gefiel ihr.

Sie setzte sich auf eine der Holzbänke und bestellte einen Cappuccino. Dann zog sie den Reiseführer aus ihrer Handtasche, las ein wenig darin und überlegte, was sie mit dem Rest des Nachmittags anfangen sollte. Die Insel war weitaus kleiner, als sie sich das vorgestellt hatte, und sie überlegte, diese wenigstens einmal zu umrunden. Allerdings würde es schon bald dunkel werden, und sie wusste nicht, ob es am Ufer Straßenlaternen gab. Daher beschloss sie, sich stattdessen lieber die karolingische Torhalle und vielleicht noch die Klosterkirche anzusehen. Vor allem auf die Torhalle war sie gespannt, denn sie interessierte sich sehr für Kunstgeschichte, und die Torhalle von Frauenchiemsee galt immerhin als eines der ältesten Gebäude in ganz Bayern. Angeblich stammte sie noch aus der Zeit der Klostergründung vor über 1200 Jahren.

Der Kellner brachte ihren Cappuccino. Vorsichtig nippte sie daran und genoss den ersten Schluck. Dann vertiefte sie sich wieder in ihren Reiseführer.

»Hallo!«

Regina zuckte zusammen und schaute hoch. Die Frau, die vor ihr stand, mochte Ende dreißig sein, also ein paar Jahre älter als sie selbst. Mit ihren langen, dunkelblonden Haaren, dem blauen Anorak, ihren lässigen Jeans und sportlichen Sneakern wirkte sie recht locker und sympathisch.

»Entschuldigung, ich wollte Sie nicht erschrecken«, sagte sie mit einem verlegenen Lächeln. »Aber wie ich sehe, sind Sie auch zum Meditationskurs hier.« Dabei deutete sie auf den Flyer über die Klosterseminare, der aus dem Reiseführer ragte.

Regina lächelte zurück. »Richtig. Ich bin erst vor einer knappen Stunde hier angekommen. Ich heiße übrigens Regina.«

»Ich bin Heidrun«, stellte sich nun die Fremde vor. »Darf ich mich zu dir setzen?«

»Klar«, meinte Regina und sah zu, wie Heidrun sich auf der Bank ihr gegenüber niederließ.

»Wie schön es hier ist«, seufzte ihre neue Bekannte. »Diese Insel ist wirklich ein Kraftort.«

Regina runzelte die Stirn. Diesen Begriff hatte sie zwar schon mal gehört, allerdings wusste sie nicht, was genau es damit auf sich hatte. Aber das musste sie ihrer neuen Bekanntschaft ja nicht unbedingt auf die Nase binden. Darum nickte sie nur bestätigend. »Mhm, ganz bestimmt.«

Heidrun bestellte sich eine Latte macchiato und fuhr schwärmerisch fort: »Dieses sagenhaft alte Kloster und die beiden beeindruckenden Linden … Vor allem der mächtigen Tassilo-Linde sieht man deutlich an, dass sich unter ihr mehrere Kraftlinien kreuzen.«

Kraftlinien. Aha. Vermutlich eine waschechte Esoterikerin, dachte Regina. Menschen dieses Schlags hatte sie bisher erfolgreich gemieden, daher war sie froh, dass der Kellner gerade die Latte macchiato brachte und sie unauffällig das Thema wechseln konnte. Also griff sie nach ihrer Tasse und bemerkte: »Einen wirklich guten Kaffee haben die hier.«

Heidrun nickte, obwohl sie noch keinen Schluck genommen hatte. »Weißt du, unsere Vorfahren hatten noch ein sicheres Gespür dafür, wo sich solche Kraftorte befinden. Es gibt kaum ein altes Kloster, an dem sich nicht mindestens zwei Kraftlinien kreuzen. Bei nicht-christlichen Kultorten ist es genauso. Stonehenge ist ein gutes Beispiel oder Ayers Rock in Australien. Und, was die Klöster angeht, auch die Fraueninsel.«

Vor Reginas innerem Auge tauchten altertümlich gekleidete Menschen auf, die inmitten des Steinkreises von Stonehenge die Wintersonnenwende feierten.

»Was genau bewirkt eigentlich so ein Kraftort?«, fragte sie nun, auch auf die Gefahr hin, sich in Sachen Esoterik als komplette Ignorantin zu entlarven.

Prompt zog ihre Kurskollegin kurz die Augenbrauen hoch. »Na, wie der Name schon sagt: Er verleiht einem Menschen neue Energie. Aber er kann auch beruhigend wirken. Manche Kraftorte führen sogar dazu, das menschliche Bewusstsein zu erweitern.«

Was für ein Bullshit, dachte Regina und nahm noch einen Schluck von ihrem Cappuccino, um das Gehörte zu verdauen. »Und wie genau muss ich mir so eine Bewusstseinserweiterung vorstellen?«, fragte sie leicht provozierend, obwohl sie das nicht die Bohne interessierte.

Heidrun zuckte die Achseln. »Das habe ich selbst noch nicht erlebt. Fest steht aber: Es gibt kaum eine Stelle, an der man so gut meditieren kann wie an einem Kraftort. Die Fraueninsel ist daher der ideale Platz für unseren Kurs.«

»Das Gefühl hatte ich auch, als ich die Insel vom Schiff aus gesehen habe«, gestand Regina.

Endlich nippte Heidrun an ihrem Kaffee. »Stimmt, der schmeckt wirklich gut«, bemerkte sie, bevor sie wieder auf ihr Lieblingsthema zurückkam. »Es ist gut möglich, dass du ein besonderes Talent dafür hast, Kraftorte zu erspüren. Den meisten Menschen erschließt sich deren Wirkung nämlich nicht sofort. Sie müssen lange an so einem Platz stehen, ganz ruhig werden, die Atmosphäre fühlen und sich öffnen.«

Vielleicht brauchen diese Leute aber auch einfach nur Zeit, um ihre Fantasie so weit zu aktivieren, dass sie sich am Ende tatsächlich etwas einbilden können, dachte Regina, behielt den Gedanken aber lieber für sich.

»Viele Kraftorte sind von unsichtbaren Bewohnern wie Elfen und anderen guten Geistern bevölkert«, fuhr Heidrun enthusiastisch fort. »Solche Lichtwesen helfen den Menschen, die sich ihnen rückhaltlos anvertrauen und ...«

Zunehmend genervt und nur noch mit halbem Ohr hörte Regina zu, wie Heidrun von Rutengängern, Druiden und Feen schwadronierte und nickte ab und zu, um sich nicht allzu sehr anmerken zu lassen, was sie von solchen Kindermärchen hielt.

Als sie den letzten Schluck Kaffee getrunken hatte, schaute sie demonstrativ auf ihre Uhr. »Du musst mich jetzt entschuldigen«, erklärte sie Heidrun und gab dem Kellner ein Zeichen. »Aber ich würde mir gern noch schnell die Torhalle ansehen, wenigstens von außen. Draußen wird es ja schon dunkel, und in einer guten Stunde sollen wir wieder zum Abendessen hier sein.«

»Du hast absolut recht«, erwiderte Heidrun. »Leider vergesse ich immer noch, wie früh es jetzt schon wieder dunkel wird.«

Draußen warf Regina zur Orientierung noch einmal einen Blick auf den Inselplan am Bootssteg und zog sich fröstelnd ihren Anorak über. Dann beschloss sie, einen kleinen Umweg zu nehmen, wandte sich nach Norden und schlenderte an den abgeernteten Spalierobst-Reihen des Klostergartens vorbei.

Bald würde es vollkommen dunkel sein. Die wenigen Wolken im Westen glitten schon über einen purpurroten Himmel, und in den Wohnhäusern brannten bereits die ersten Lichter. Vom See her kroch feiner Nebel über die Uferwiesen.

Nach wenigen hundert Metern wandte Regina sich nach links und ging an ein paar Häusern vorbei die leichte Anhöhe hinauf.

Die Torhalle, die nun vor ihr lag, war kleiner, als sie gedacht hatte. Dennoch wirkten die dicken Mauern aus gelblich-grauem Tuffstein auf eine archaische Weise imposant, ja beinahe würdevoll. Das lag vor allem an den schmalen, von Säulen getragenen Rundbögen, die die Schwere des tonnengewölbten Durchgangs aufzuheben schienen. Darüber erhob sich das Obergeschoss mit nur wenigen schmalen Rundbogenfenstern, wie sie typisch für den Baustil des frühen Mittelalters waren.

Wie dunkel es in den Räumen dort oben gewesen sein musste, selbst wenn draußen die Sonne schien, dachte sie. Ob diese schmalen Öffnungen damals wohl schon mit Fensterglas versehen gewesen waren? So weit sie wusste, hatte man in diesen Zeiten auch recht gerne dünne Häute aus Schweinsblasen vor die Fenster gespannt. Sie lächelte, weil der Begriff vom »finsteren Mittelalter« für sie plötzlich eine ganz neue Bedeutung bekam. Aber warum, so fragte sie sich, stand die Torhalle so ganz allein für sich im Gelände? Welchen Zweck hatte sie gehabt, wenn man problemlos rechts und links daran vorbeigehen konnte?

Doch vielleicht war der Klosterbezirk ursprünglich von Zäunen oder hohen Hecken umgeben gewesen. Möglicherweise hatte die Torhalle ja einmal zwischen hohen Steinmauern gestanden.

Sie betrat den dunklen Durchgang und betrachtete ehrfürchtig die massige, gewölbte Decke und die Arkadengänge zu ihrer Rechten und Linken, die das Untergeschoss der Torhalle in drei Räume gliederten. Der mit runden Natursteinen gepflasterte Durchgang gab den Blick auf einen kleinen Friedhof frei, der von der untergehenden Sonne nur noch spärlich erleuchtet wurde. Nebelfetzen glitten schon über die Gräber, wanden sich um altertümliche Metallkreuze und strichen um die Engelsfiguren am Rande des Weges herum. Dahinter ragte das Inselmünster mit seinem freistehenden Campanile in den beinahe schon nachtblauen Himmel.

Hier ist es wirklich totenstill, dachte Regina. Wie ruhig und wie einsam musste das Leben im frühen Mittelalter gewesen sein, als es noch keine Fähre gegeben hatte, die im Sommer unzählige Tagestouristen und Seminarteilnehmer ausspuckte.

Plötzlich vernahm sie ein heftiges Schluchzen. Erschrocken zuckte sie zusammen und sah sich um. Da hörte sie es wieder, und diesmal schien die schluchzende Stimme, die eindeutig von einer Frau stammte, auch noch ihren Namen zu rufen. Aber was um Himmels Willen bildete sie sich da bloß ein? Vermutlich hatten ihr ihre Sinne ganz einfach nur einen Streich gespielt. Doch um ganz sicher zu gehen, rief sie: »Hallo! Ist da jemand?«

Gespannt horchte sie in die Dämmerung. Doch nun war es wieder still. Angestrengt starrte sie in die nebelverhangene Dunkelheit hinein, konnte jedoch niemanden entdecken. Vielleicht war das Weinen auch aus einem der wenigen Häuser gekommen, die in der Nähe der Torhalle standen.

Fröstelnd zog sie den Reißverschluss ihres Anoraks bis zum Kinn hoch und lauschte wieder. Aber da war nichts mehr zu hören.

Achselzuckend setzte sie ihren Weg zum Münster fort. Da kam ihr die alte Inselsage in den Sinn, die sie in ihrem Reiseführer gelesen hatte. Angeblich konnte man in manchen Oktobernächten das verzweifelte Weinen und Klagen einer Frau unter der Torhalle hören.

Ihr Herz machte einen Sprung. Noch war es Oktober, und soeben brach die Nacht herein …

Reiß dich gefälligst zusammen, sagte sie sich, um sich wieder zur Ordnung zu rufen. Sagen hatten zwar oft einen wahren Kern, aber der sah fast immer ganz anders aus als die Geschichten, die die Leute sich erzählten. Wahrscheinlich war es so, dass auch einige Kinder von der Insel die alten Erzählungen kannten und sich nun einen Spaß daraus gemacht hatten, einer einsamen Touristin einen Schrecken einzujagen. Dabei dachte sie an ein paar ihrer Schüler, die es faustdick hinter den Ohren hatten und musste schmunzeln. Dann warf sie einen Blick auf ihre Armbanduhr.

Höchste Zeit, zum Klosterwirt zurückzukehren. Die Münsterkirche würde sie sich an einem der anderen Tage ansehen.

Eilig verließ sie den Friedhof, ging am Gasthaus Zur Linde vorbei und bog rechts ab, um auf direktem Weg auf die Klosterpforte zuzusteuern.

Doch schon nach wenigen Schritten drosselte sie ihr Tempo. Da lehnte jemand an der Klostermauer und sah zu ihr herüber. Inzwischen war es allerdings so dunkel, dass sie zunächst nicht viel mehr als vage Umrisse erkennen konnte. Dennoch war sie sich fast sicher, dass es sich bei dieser mageren, gekrümmten Gestalt um den einäugigen Alten handelte, dem sie schon kurz nach ihrer Ankunft auf der Insel begegnet war.

Nun hatte sie ihn fast erreicht.

Ja, er war es. Und sein gesundes Auge fixierte sie mit einem derartig durchdringenden Blick, dass ihr ein Schauer über den Rücken lief.

Was will er bloß von mir, fragte sie sich, während sie einen so großen Bogen um ihn machte, dass sie den Weg verlassen und durchs Gras gehen musste.

Unsinn! Was sollte er schon von ihr wollen. Er kannte sie doch gar nicht, zumal sie nie zuvor hier auf der Insel gewesen war.

Trotzdem schaute sie sich noch einmal nach ihm um.

Er stand immer noch da. Und er sah ihr nach.

*

Die Gaststube des Klosterwirts war hell erleuchtet, als Regina eintrat, und in dem großen Raum herrschte eine erwartungsvolle, ja beinahe fröhliche Stimmung. Einige Seminarteilnehmer standen in Gruppen zusammen, andere saßen bereits an den gedeckten Tischen und unterhielten sich angeregt. Sie hatte den Eindruck, dass sich hier viele schon kannten. Lächelnd grüßte sie nach rechts und links, während sie auf einen von drei freien Plätzen am Ende eines langen Tisches zusteuerte und sich an das Kopfende setzte. Aus einer Karaffe auf dem Tisch goss sie sich ein Glas Wasser ein und trank. Da die beiden Frauen, die ihr am nächsten saßen, in ein Gespräch vertieft waren, lehnte sie sich zurück und ließ ihren Blick durch den Gastraum schweifen.

Frauen waren in diesem Kurs offenbar weit in der Überzahl. Die meisten Teilnehmerinnen schienen Ende dreißig oder Anfang vierzig zu sein, also einige Jahre älter als sie selbst. Doch wo steckte eigentlich Heidrun? Just in dem Moment, in dem sie das dachte, kam Heidrun auch schon zur Tür herein und steuerte ihren Tisch an.

»Hallo! Wie war dein Spaziergang?«

Sichtbar frisch geduscht und bester Laune ließ sich Heidrun auf einen der freien Plätze neben ihr fallen.

»Oh, der war schaurig schön«, antwortete Regina lächelnd. »Erst ging die Sonne unter, dann kam der Nebel … Und die Torhalle ist wirklich beeindruckend.«

»Wie gefällt's dir sonst so hier?«, hakte Heidrun nach.

»Gut«, meinte Regina. »Mein Zimmer ist gemütlich eingerichtet, und ich habe eine tolle Aussicht auf den Chiemsee. Wenn es morgen früh nicht regnet, kann ich bestimmt die Alpen sehen.«

Heidrun nickte. »Ich kann nur auf den Innenhof schauen. Aber das macht nichts, denn die alten Klostergebäude sind wirklich wunderschön, so würdevoll und erhaben. Andererseits …«, sie beugte sich zu Regina hinüber und senkte ihre Stimme, … herrscht in diesem Kloster doch eine ziemlich merkwürdige Atmosphäre, findest du nicht auch? Wer weiß, welche Schicksale sich hier zugetragen haben. Ganz ehrlich: Ich habe das Gefühl, als würden hier Geister umgehen.«

Regina verkniff sich ein Grinsen. »Bist du etwa schon einem begegnet?«

»Nein, das nicht. Noch nicht«, erklärte Heidrun in einem bedeutungsschwangeren Tonfall. »Aber in alten Gebäuden sind ja fast immer unerklärliche Kräfte am Werk. Außerdem kann man Geister nicht unbedingt sehen. Manchmal ist da nur eine Berührung, leicht wie ein Windhauch, oder eine Vase, die ohne Grund plötzlich umkippt. Oder man hört ein leises Seufzen, ein Flüstern, körperlose, knarzende Schritte auf den Holzdielen …«

Lauter Phänomene, die auf Durchzug schließen lassen, dachte Regina, behielt den Gedanken aber für sich.

»Zum Glück sind die meisten Geister freundlich«, fuhr Heidrun fort. »Weißt du, ich habe eine Kollegin, die lebt in einem über dreihundert Jahre alten Haus und …«

»Guten Abend. Darf ich mich zu Ihnen setzen?«, wurde sie von einer warmen männlichen Stimme unterbrochen.

Regina schaute hoch. Vor ihnen stand ein großer, schlanker Mann mit kurz geschnittenen, dunklen Haaren, die an den Schläfen schon ein wenig grau wurden. Er trug Jeans, einen dunkelroten Wollpullover und darunter ein hellblaues Hemd.

»Ja, natürlich«, erwiderte sie.

Als er sich mit einer fließenden Bewegung auf dem Stuhl rechts von ihr niederließ, bemerkte Regina, dass die beiden Frauen am Tisch ihr Gespräch unterbrachen und ihn interessiert ansahen.

»Darf ich mich vorstellen? Ich bin Philipp, Philipp Menander«, sagte er.

»Heidrun«, kam es kurz und trocken von links.

Lächelnd nickte der Neuankömmling ihr zu.

»Und ich bin Regina«, sagte sie.

Der Neuankömmling sah sie an, vielleicht einen Wimpernschlag länger als Heidrun. In seinen dunklen Augen, so kam es ihr zumindest vor, leuchtete so etwas wie ein intensives, wärmendes Feuer. Aber sie hatte keine Gelegenheit, länger darüber nachzudenken, da in diesem Augenblick auch schon der erste Gang aufgetragen wurde. Kürbiscremesuppe mit gerösteten Kernen und einer Sahnehaube.

»Wie lecker!«, freute sich Heidrun.

»Ja. Und es passt zu Halloween«, stellte Regina fest. »Das haben wir doch bald. Bestimmt stellen auch die Leute hier auf der Insel ausgehöhlte Kürbisse mit Lichtern drin vor ihre Türen.«

»Ich kann mir gut vorstellen, dass die Menschen hier ein bisschen fernab von der Welt leben«, meinte Heidrun und griff nach ihrem Löffel.

»Nicht unbedingt«, widersprach ihr Philipp. »Die Fraueninsel wird jährlich vom Frühjahr bis Anfang Oktober derart von Touristen überschwemmt, dass die Bewohner mit Sicherheit voll auf der Höhe der Zeit sind.«

»Das ist bestimmt auch besser so«, meldete sich seine Tischnachbarin links gegenüber zu Wort, eine rundliche Dame mit kurzen, blond gefärbten Haaren, die Regina auf Mitte vierzig schätzte. »Übrigens: Ich heiße Luisa.«

»Freut mich sehr«, erwiderte Philipp und wandte sich seiner neuen Gesprächspartnerin zu.

Während er sich mit Luisa unterhielt, löffelte Regina schweigend ihre Suppe. Dabei fiel ihr auf, dass Heidrun Philipp immer wieder mit langen Blicken musterte.

Offenbar findet sie ihn besonders nett, dachte sie und warf noch einmal einen prüfenden Blick auf ihre blonde Nachbarin schräg gegenüber. Deren Augen glänzten nicht minder, während sie sich mit Philipp unterhielt. Heidrun war offensichtlich nicht die einzige, die sich für ihn interessierte. Er war ja auch tatsächlich ein gutaussehender Mann, und dazu noch eines der rar gesäten Exemplare des anderen Geschlechts. Aber für ihren Geschmack genoss er das Interesse der Damenwelt ein bisschen zu sehr.

Anscheinend war sein Small Talk mit Luise erschöpft, denn nun wandte er sich wieder ihr zu.

»Woher kommen Sie denn, Regina?«, fragte er und sah sie an.

Seine dunklen Augen hatten wirklich etwas Besonderes, stellte sie fest, während sie ihm erklärte, dass sie in der Nähe von Würzburg wohnte.

»Was für eine schöne alte Stadt! Und sie liegt in so einer hübschen Gegend mit den vielen Weinbergen, den alten Burgen und dem Main«, schwärmte er. »Im vergangenen Sommer war ich das letzte Mal dort, auf einem großen Kongress.«

»Was machen Sie denn beruflich?«, wollte nun Heidrun wissen.

»Ich bin Arzt«, antwortete er. »Genauer gesagt Internist.«

Für einen Moment weiteten sich Heidruns Augen. »Dann müssen wir wohl Doktor zu Ihnen sagen.«

»Himmel, nein! Bloß nicht«, widersprach Philipp. »Dann käme ich mir ja vor wie im Dienst.«

Heidrun scheint wirklich Feuer gefangen zu haben. Sie hatte sogar ihren Löffel aus der Hand gelegt und ließ ihre Kürbiscremesuppe kalt werden.

Das war insofern nicht weiter schlimm, als es auch noch Spaghetti mit Hackfleischsoße und Salat und danach Rote Grütze und Vanillesauce gab. Am Ende tranken sie alle zusammen noch ein Glas Wein, boten sich gegenseitig das Du an und unterhielten sich über dies und das, bis Philipp einen Blick auf seine Uhr warf. »Oha, es ist schon fast halb elf, und ich hab noch nicht mal meinen Koffer ausgepackt.«

»Ich werde mich auch mal zurückziehen«, schloss Regina sich ihm an. »Sonst schlafe ich morgen beim Meditieren noch ein.«

Philipp lächelte belustigt, und zusammen mit Heidrun verließen sie den Speisesaal, spazierten den Weg zum Kloster hinauf und verabschiedeten sich im ersten Stock des Gästetraktes voneinander.

»Schlaft gut«, rief Philipp ihnen zu, bevor er sich auf den Weg in die zweite Etage machte.

»Interessanter Typ, oder?«, flüsterte Heidrun, als er verschwunden war. »Na dann, bis morgen.«

»Träum schön«, antwortete Regina und ging auf ihr Zimmer. Als sie die Türe hinter sich schloss, wurde ihr schlagartig bewusst, wie hundemüde sie war. Sie zog ihren Schlafanzug an, putzte sich die Zähne und ließ sich ins Bett fallen. Keine fünf Minuten später war sie eingeschlafen.

ALPTRÄUME

Draußen war es noch dunkel, als der Wecker ihres Smartphones sie aus dem Schlaf riss. Unwillig öffnete sie die Augen, schaltete das nervige Piepsen aus und versuchte, ihre wirren Gedanken zu ordnen. Sie hatte so merkwürdig geträumt …

Wieder hatte sie im Schlaf die körperlose, weibliche Stimme gehört. Sie war ganz leise gewesen, hatte jedoch abgrundtief verzweifelt geklungen. Und diesmal hatte sie klar und deutlich ihren Namen gerufen, immer und immer wieder. Der Schrecken am Abend zuvor in der Torhalle war ihr wohl mehr in die Knochen gefahren als gedacht.

Nach einer Weile schaltete sie die Nachttischlampe an, stand auf, ging zum Fenster und schaute hinaus.

Das Licht der Lampe schien auf wabernden Nebel, der die Bäume auf der anderen Seite des schmalen Uferwegs in undeutliche Schatten verwandelte. Doch dann ging auch irgendwo im Erdgeschoss ein Licht an und erleuchtete die kleine Grünfläche vor dem Kloster und die etwa mannshohe Hecke dahinter.

Und Regina sah, dass dort jemand am Wegesrand stand. In dem grauen Nebeldunst wirkte er unwirklich, ja beinahe durchsichtig. Dennoch zweifelte sie keinen Augenblick daran, dass es sich um niemand anderen als den einäugigen Alten handelte, dem sie tags zuvor schon zweimal begegnet war. Seine dürre, gekrümmte Gestalt hatte sich tief in ihr Gedächtnis eingegraben.

Er schaute zu ihrem Fenster hoch.

Ärgerlich senkte sie den Kopf. Was wollte er bloß von ihr?

Am liebsten hätte sie sich ihre Jacke übergeworfen und wäre zu ihm hinuntergegangen, um ihn zur Rede zu stellen.

Doch dann fiel ihr ein, dass er vielleicht gar nicht wusste, was er tat. Möglicherweise war er dement, und sein vernebeltes Gehirn trieb ihn dazu, halbe Nächte lang draußen herumzulaufen. Vielleicht erinnerte sie ihn ja auch an jemanden, beispielsweise an seine längst verstorbene Frau …

Nun mischte sich Mitleid in ihren Zorn, und sie sah wieder aus dem Fenster.

Doch der Alte war verschwunden.

*

Als sie eine dreiviertel Stunde später den Klosterwirt betrat, war ihre Laune wieder besser. Und sie war gespannt auf ihre erste Meditation. Leise vor sich hin summend setzte sie sich auf den gleichen Platz wie am Abend zuvor und inspizierte aus der Ferne das Frühstücksbuffet.

»Guten Morgen«, wurde sie von einer rundlichen, auffällig blassen Kellnerin begrüßt, die ein Schild mit dem Namen Traudl Kammbichler am Revers trug. »Was darf ich Ihnen bringen, Kaffee, Tee oder Kakao?«

Sie bestellte Kaffee und stand auf, um sich etwas zu essen zu holen.

Weil sie recht früh dran war, stand sie ganz alleine am Buffet, und eine junge Servicekraft war noch dabei, weitere Platten mit Wurst und Käse aufzutischen.

Regina nahm sich ein Croissant und überlegte, ob sie noch ein Stück von dem herrlich duftenden Mohnzopf auf ihren Teller legen sollte, als die Kellnerin namens Traudl zu der Servicekraft trat.

»Sag mal, Rosi, hast du's auch schon gehört?«, fragte sie mit merkwürdig wackeliger Stimme.

»Was denn?«, hakte die junge Frau namens Rosi nach.

»Na, das mit dem einäugigen alten Anton«, erklärte ihre Kollegin.

Regina hatte nach dem Mohnkuchen greifen wollen, doch jetzt zuckte ihre Hand zurück.

»Stell dir vor: Er ist in dieser Nacht im Chiemsee ertrunken«, erklärte die Kellnerin.

»Du meine Güte!« Rosi schlug die Hände vors Gesicht.

»Schlimm ist das«, bekräftigte Traudl. »Der Chef hat mir gesagt, dass Anton noch gestern Abend hier im Gasthaus war. Er muss sich lange mit einem Fremden unterhalten haben, am Ende hat er sich sogar richtig mit ihm gestritten. Und er hat wohl zu viel getrunken, denn als er gegen elf Uhr nach Hause gegangen ist, hat er ziemlich geschwankt. Heute Morgen um kurz vor sechs hat mein Nachbar seine Leiche im Wasser treibend gefunden. Du kannst dir gar nicht vorstellen, was danach bei uns los war!«

»Das ist ja schrecklich!«, seufzte Rosi. »Der Anton war doch so ein lieber Kerl. In den letzten Jahren ist er zwar ein bisschen starrköpfig und wunderlich geworden, aber na ja, so ist das halt, wenn man alt wird. Ich kann mich jedenfalls noch gut daran erinnern, wie er mir als Kind öfter mal eine Semmel mit Räucherfisch in die Hand gedrückt hat.«

Fassungslos schüttelte Traudl den Kopf. »Dass er ausgerechnet ertrinken musste, wo er doch sein Leben lang hier Fischer war.«

Regina nahm ihren Teller und kehrte zu ihrem Tisch zurück. Seltsam, dachte sie. Wie war es möglich, dass sie an diesem Morgen gegen sieben Uhr einen Mann gesehen hatte, der angeblich um sechs Uhr tot im Wasser treibend gefunden worden war?

Bis ihr eine logische Erklärung einfiel, dauerte es eine geraume Weile. Es konnte also gar nicht der einäugige Anton gewesen sein, der vor ihrem Fenster gestanden hatte. Folglich musste das jemand anders gewesen sein, der dem alten Fischer einfach nur verblüffend ähnlich sah. Vielleicht hatte Anton ja einen Bruder oder einen Vetter von der gleichen mageren, gebeugten Statur …

Sie atmete einmal tief durch, schenkte sich Kaffee aus der Thermoskanne ein, die mittlerweile auf dem Tisch stand und biss in ihr Croissant.

Regina hatte noch nicht ganz aufgegessen, als Philipp in die Gaststube kam. Als er sie sah, hob er lächelnd die Hand und kam zu ihr an den Tisch.

»Gut geschlafen?«, begrüßte er sie.

»Und ob«, schwindelte sie.

»Ja, ich auch. Darf ich mich zu dir setzen?«

»Klar«, antwortete sie und schob die fast noch volle Kanne Kaffee zu ihm hinüber.

Als er kurz darauf zum Buffet ging, schloss sie sich ihm an. Sie nahm sich eine Schüssel, füllte sie mit Müsli und Obstsalat und goss Milch darüber. Als sie an den Tisch zurückkam, saß Philipp schon auf seinem Platz und schmierte sich ein Wurstbrot.

»Heute Morgen war mir die Stille auf dieser Insel glatt ein bisschen unheimlich«, erklärte sie und rührte in ihrem Müsli.

Philipp nickte. »Ja, daran muss man sich erst mal gewöhnen. Für mich ist das nichts Neues, weil ich immer wieder mal ein paar freie Tage hier verbringe. Schon als Kind bin ich öfter mit meinen Eltern hier auf der Insel gewesen.«

Regina legte ihren Löffel zur Seite. »Dann kennst du die Inselbewohner bestimmt ganz gut.«

Philipp wiegte den Kopf. »Nicht alle, aber manche schon.«

»Auch den alten Mann, der nur noch ein Auge hat?«, hakte Regina nach.

Für einen Moment schien so etwas wie Überraschung in seinen Augen aufzublitzen. »Meinst du den Anton Grubner?«

»Keine Ahnung«, gestand sie. »Gestern habe ich den Mann nur kurz gesehen, und da fand ich ihn … hmm … sehr ungewöhnlich. Nicht nur wegen seines blinden Auges.«

Philipp runzelte die Stirn. »Das kann tatsächlich nur der Anton sein. Jeder, der öfter auf der Fraueninsel zu Gast ist, kennt ihn. Früher war er mal Fischer. Und er ist ein ziemlicher Einzelgänger.«

Regina nickte. »Mir ist er gleich aufgefallen, als ich von der Fähre kam. Da lehnte er da draußen am Stamm der großen Linde.«

Sie deutete gerade aus dem Fenster, von dem aus man den Baum sehen konnte, als die Tür aufging und Heidrun hereinschwebte. Sie trug ein auffällig schickes Kleid und Schuhe mit hohen Absätzen, nicht unbedingt der richtige Aufzug für eine Meditation, wie sie fand. Aber das war ja nicht ihr Problem. Ihr langes Haar trug

Heidrun an diesem Morgen offen, und als sie näherkam, bemerkte Regina, dass sie sich sogar dezent geschminkt hatte.

Frontalangriff, dachte sie amüsiert, warf Philipp einen unauffälligen Blick zu und wunderte sich kein bisschen darüber, wie interessiert er Heidrun musterte, die nun an ihren Tisch trat und ihm ein strahlendes Lächeln schenkte. »Hallo, ihr beiden! Was dagegen, wenn ich mich zu euch setze?«

»Fühl dich wie daheim«, sagte Regina.

»Dann werde ich mir schnell mal was zum Futtern holen. Bin gleich wieder da.«

Wenig später kehrte sie mit einem gut gefüllten Teller wieder zum Tisch zurück, und ihr hellrot bemalter Mund verzog sich zu einem bezaubernden Lächeln, als sie sich auf ihren Platz sinken ließ.

»Mann, hab ich gut geschlafen«, seufzte sie und goss sich Kaffee ein.

Dann ist dir in der Nacht ganz bestimmt kein Geist erschienen, dachte Regina amüsiert.

»Ja, ich hab auch geschlafen wie ein Murmeltier«, erwiderte Philipp. »Das liegt mit Sicherheit an der einmaligen Ruhe hier. Ihretwegen komme ich auch immer wieder hierher.«

Heidrun machte große Augen. »Dann kennst du dich hier also aus? Die Insel ist ja ziemlich klein. Aber sie hat doch eine ganz besondere Atmosphäre. Das hab ich gleich gespürt, als ich hier angekommen bin. Fast würde ich sagen, sie ist irgendwie magisch.« Sie nahm einen Löffel Zucker und rührte ihn in ihren Kaffee.

»Schade nur, dass aus den ganz alten Zeiten nur noch die Torhalle erhalten ist«, fügte sie hinzu.

»Mich würde ja brennend interessieren, wie es damals hier ausgesehen hat«, warf Regina ein. »In meinem Reiseführer steht darüber leider überhaupt nichts.«

Heidrun zuckte die Achseln. »Ich hab gelesen, dass es hier nach dem Zweiten Weltkrieg zwei archäologische Ausgrabungen gegeben hat. Aber mehr weiß ich auch nicht.«

»Merkwürdig«, fand Regina. »Wenn es Ausgrabungen gab, müssen die doch Ergebnisse gebracht haben.«

»Mit Sicherheit«, schaltete Philipp sich ein. »Aber bisher hat wohl noch niemand die Aufzeichnungen der Archäologen ausgewertet.«

Verständnislos schüttelte Heidrun den Kopf. »Dann wird es ja wohl höchste Zeit, dass sich endlich jemand damit beschäftigt.«

»Absolut«, fand Philipp und sah in die Runde. »Ich gehe nochmal zum Buffet. Kommt jemand mit?«

»Dann mal los«, erklärte Regina, die gerade ihren letzten Löffel Müsli gegessen hatte und stand auf.

Als sie an den Tisch zurückkamen, schmierte Heidrun gerade Marmelade auf die zweite Hälfte ihres Croissants. »Ich hab mal eben das Kloster Frauenwörth gegoogelt. In Wikipedia steht, dass die Kirche und der einzeln stehende Glockenturm im elften Jahrhundert erbaut worden sind. Und die Wohngebäude stammen so, wie sie heute dastehen, aus der Zeit um 1730. Im Kern sollen sie aber auch noch mittelalterlich sein.«

»Was immer das auch heißen mag. Das Mittelalter hat ja immerhin 1000 Jahre gedauert«, bemerkte Regina. »Und wer weiß, vielleicht stammt ja auch der Gebäudekern des Klosters noch aus der Gründungszeit, genau wie die Torhalle. Das würde bedeuten, dass wir unseren Urlaub in 1200 Jahre alten Mauern verbringen«, sinnierte sie.

»Was für eine romantische Vorstellung!«, schwärmte Heidrun und biss in ihr Croissant.

*

Eine Stunde später hockte Regina mit vierzehn anderen Teilnehmern im Schneidersitz auf dem Parkettboden eines großen Seminarraums. Ihre Kursleiterin hieß Maggie, eine sympathische Frau um die fünfzig mit sportlicher Figur und langen, graublonden Haaren.

»Für den Anfang werden wir etwa zehn bis fünfzehn Minuten meditieren. Also macht euch bereit. Setzt euch entspannt, aber gerade hin und schaut vor euch auf den Boden.«

Regina streckte ihren Rücken durch und fixierte das Parkett vor ihren gekreuzten Beinen. Doch immer wieder schweifte ihr Blick ab und glitt über die anderen Teilnehmer, die alle ganz brav vor sich hinstarrten. Bald blieben ihre Augen an Philipp hängen, der ihr schräg gegenüber saß, und an Heidrun, die sich geschickt neben ihn manövriert hatte.

Dann zog Maggies Stimme ihre Aufmerksamkeit wieder auf sich. »Bitte legt eure linke Hand in die rechte, mit der Handfläche nach oben. Und denkt daran: Eure Schultern und euer Nacken sollen locker sein.«

Regina befolgte die Anweisung und spürte, wie sie sich tatsächlich ein bisschen entspannte.

»Nun achtet auf euren Atem«, fuhr Maggie fort. »Nehmt lange und tiefe Züge durch die Nase. Atmet in einem entspannten, natürlichen Rhythmus.«

Nun gut, dachte Regina. Einatmen …

»Auch der Zustand eures Geistes ist jetzt sehr wichtig«, erklärte Maggie. »Anfangs ist es völlig normal, dass euch öfter ungewollt Gedanken durch den Kopf wandern. Haltet sie nicht fest. Lasst sie weiterziehen. Konzentriert euch immer wieder auf eure Atmung und zählt beim Ausatmen von eins bis zehn. Einatmen-ausatmen-eins … einatmen-ausatmen-zwei … einatmen-ausatmen-drei …«

Es dauerte ein wenig, bis Regina sich auf ihre Atmung konzentrieren konnte.

»Einatmen-ausatmen-acht … einatmen-ausatmen-neun …« Maggies Stimme schien leiser zu werden.

Bestimmt ist das eine Folge der Meditation, dachte Regina. Einatmen-ausatmen-zehn …

Nun hatte sie auch noch das Gefühl, dass es dunkler wurde. Dabei war es heller Vormittag.

Einatmen-ausatmen-eins … einatmen-ausatmen-zwei …

Regina wurde kalt.

Einatmen-ausatmen-drei … einatmen-ausatmen-vier … einatmen-ausatmen-fünf …

Jetzt fror sie richtig. Als würde sie bei Wind und Regen auf einer Wiese sitzen.

Bestimmt musste sie sich nur besser konzentrieren. Darum schloss sie halb die Augen.

Einatmen-ausatmen-sechs … einatmen-ausatmen-sieben …

Inzwischen zitterte sie vor Kälte. Ärgerlich beschloss sie, die Meditation zu unterbrechen, um eine Jacke aus ihrem Zimmer zu holen. Sie reckte ihre Arme, streckte die Beine aus und schaute auf …

Die anderen waren verschwunden, und vor ihr standen Bäume!

Erschrocken kniff sie die Augen wieder zu.

Das ist nicht wahr! Das kann gar nicht wahr sein, dachte sie. Ich bin in einem Gebäude, in den dicken Mauern des Klosters Frauenwörth.

Sie zwang sich, noch einmal hinzusehen.

Tatsächlich: Vor ihr standen mehrere dicke Bäume. Und der Himmel war dunkel, ganz so, als würde gerade ein Unwetter aufziehen.

Verwirrt versuchte sie, sich einen Reim auf das Unfassbare zu machen.

Da fuhr ihr ein Windstoß in den Rücken. Gleißend hell zuckte ein Blitz, und die Wolken öffneten ihre Schleusen. Als es donnerte, war sie schon völlig durchnässt.

Es half alles nichts: Sie musste das Unbegreifliche akzeptieren und sich irgendwo Schutz suchen.

Beim Aufstehen fiel ihr ein hohes, zweistöckiges Gebäude aus gelblich-grauem Stein ins Auge. Mit seinem Tonnengewölbe und seinen Arkaden kam es ihr mehr als bekannt vor. Sie stand vor der Torhalle des Klosters Frauenwörth.

Aber rechts und links davon waren Mauern. Und es schien, als würde gerade jemand an dem alten Gebäude arbeiten. Denn neben dem Durchgang lag ein hoher Haufen Sand, daneben standen eine Schubkarre mit hölzernen Rädern und mehrere Eimer, ebenfalls aus Holz. Dahinter lugten die Stiele von Arbeitsgeräten hervor.

Hatte man etwa heute Morgen hier in aller Eile Mauern errichtet und alte Handwerksgeräte aufgestellt?, fragte sie sich verwirrt. Fanden hier vielleicht Dreharbeiten für eine Geschichts-Dokumentation statt? Aber warum machte man das ausgerechnet zu dieser Jahreszeit und bei diesem Wetter?

Wieder blitzte es. Als es donnerte, fand sie endlich die Kraft, die Torhalle zu betreten und sich vor dem Wind und dem Regen in Sicherheit zu bringen.

Jedoch nach ein paar Schritten wurde ihr klar, dass eine Tür aus massiven Holzbohlen den Durchgang versperrte. Doch einen Spalt breit stand sie offen.

Vorsichtig schob sich Regina hindurch.

Allerdings schaute sie diesmal nicht auf den Friedhof mit seinen Grabsteinen und eisernen Grabkreuzen, sondern auf die Rückwand eines Hauses mit kleinen Rundbogenfenstern, dessen Mauern aus den gleichen gelb-grauen Steinen wie die Torhalle bestanden. Zwei weitere ähnliche Gebäude standen zum ihm im rechten Winkel.

Wo in aller Welt war sie gelandet?

Einige Atemzüge lang stand sie einfach nur da und starrte die merkwürdigen Häuser an. Aber es half alles nichts: Sie musste jemanden finden, der ihr erklären konnte, was hier los war. Mit unsicheren Schritten ging sie auf den schmalen Durchgang zwischen dem mittleren und dem rechten Haus zu.

Dann gaben ihre Knie nach, und sie musste sich an eine der dicken Mauern lehnen. Denn vor ihr stand zwar das Inselmünster, aber der Campanile war verschwunden. Und statt des gekiesten Vorplatzes der Kirche gab es nur einen schlammigen Innenhof. Fassungslos starrte sie auf den Matsch und die Regenpfützen, auf die Hühner, die dazwischen herumstolzierten, und auf eine rundliche Sau mit ihren sechs Ferkeln, die sich grunzend und quiekend in einem Schlammloch suhlten.

Erschrocken zuckte sie zusammen, als aus dem linken Gebäude ein Mann in einem fremdartigen, knielangen Kittel trat. Er leerte mit Schwung einen hölzernen Eimer aus und verschwand wieder im Haus.

Noch einmal fuhr ein Blitz über den fast nachtschwarzen Himmel; gleich darauf krachte der Donner.

Ich träume. Natürlich träume ich. Etwas anderes ist gar nicht möglich, dachte sie. Offenbar bin ich beim Meditieren eingeschlafen. In Wirklichkeit bin ich also gar nicht hier. Klatschnass bin ich auch nicht, und ich friere nur, weil es in dem Raum so kalt ist.

Da hörte sie Frauenstimmen. Klar und melodisch drangen sie durch den tosenden Sturm. Es klang, als würden sie einen Psalm singen.

Dann rief jemand: »Caro deo, et iam inceperunt!«

Eine Nonne in schwarzem Gewand stürzte aus dem linken Gebäude. Sie rannte so schnell, dass das Wasser unter ihren Füßen spritzte, die Hühner aufflatterten und zwei Ferkel quiekend die Flucht ergriffen.

Ehe Regina es sich versah, war die Frau im gegenüberliegenden Trakt verschwunden.

Ein Blitz erhellte den Hof, und wieder donnerte es.

Ich träume tatsächlich, dachte Regina. In Wirklichkeit lebten zwar einige Nonnen auf der Fraueninsel, doch sie würden niemals so wohnen. Ihr Hof wäre gepflastert, die Hühner hätten ein Gehege, und auch die Schweine würden nicht frei herumlaufen. Abgesehen davon lagen die Wohngebäude hinter dem Münster, die Torhalle stand frei in der Landschaft, und die Kirche hatte einen Glockenturm.

Erneut hörte sie eine Stimme. Aber diesmal kam sie von hinten. Schnell drehte sie sich um und sah einen etwa zehnjährigen Jungen, der sich gerade an dem hölzernen Tor vorbeidrückte. Er trug einen ähnlichen Kittel wie der Mann mit dem Eimer, und nun rannte er, als ginge es um sein Leben.

Dann geschah etwas sehr Eigenartiges: Regina war sich sicher, dass sie die Worte des Jungen noch nie gehört hatte. Trotzdem konnte sie sie klar und deutlich verstehen.

»Flieht!«, schrie der Junge ein ums andere Mal. »Am Nordufer sind Fremde gelandet! Sie sind bewaffnet!«

In höchster Eile stürzte er an Regina vorbei in den Hof und verschwand in dem Gebäude auf der rechten Seite.

Kurz darauf verstummte abrupt der Gesang.

Einen Atemzug später ertönte auf der anderen Seite des Tores ein Johlen, leise zuerst, dann immer lauter. Schnell steigerte es sich zu einem aggressiven Geschrei, das Regina einen Schauer über den Rücken jagte. Sie sah zurück, und ihr Alptraum steigerte sich ins Unerträgliche: Das Tor schwang weit auf, und eine Horde klatschnasser, schlamm-bespritzter Gestalten stürzte auf sie zu!

Die Kerle hielten Schwerter, Lanzen und Äxte in ihren Händen, und in ihren Augen leuchtete eine derart hemmungslose Zerstörungswut, wie Regina sie noch nie in einem menschlichen Gesicht gesehen hatte.

Erschrocken drückte sie sich so eng wie nur möglich an die Mauer. Doch die Bewaffneten rannten an ihr vorbei, ohne sie auch nur eines Blickes zu würdigen. Sie aber erkannte umso deutlicher ihre brennenden Augen, die schmutzigen Bärte, aus denen Speichel und Regen tropften, und die muskelstarrenden Arme. Wie eine Horde entfesselter Dämonen stürmten sie in den Hof. Sie hörte den Schrei eines Tieres und sah zwischen den Beinen der Kerle hindurch, dass die Sau und ihre Ferkel tot in die Schlammlache fielen.

Wie auf einen unhörbaren Befehl wendeten sich die Angreifer nach rechts. Einer brüllte: »Mist, verdammter, die Weiber haben die Eingänge verrammelt!«

»Die werden sich noch wundern. Wir greifen an!«, bellte ein auffällig großer, enorm muskulöser Mann mit langem, schwarzen Bart.

Sofort sammelte sich die Rotte vor einer der Türen. Drei Männer begannen gleichzeitig, mit ihren Äxten darauf einzudreschen. Es krachte, Holz splitterte, Balken brachen, und mit triumphierendem Geheul stürmte der Haufen das Gebäude. Frauen schrien. Wenige Augenblicke später wurden mehrere Nonnen so brutal auf den Hof gezerrt, dass ihre Roben zerrissen und der Matsch in alle Richtungen spritzte. Ein paar wehrten sich mit aller Kraft. Sie wanden sich, kratzten und traten um sich, und eine von ihnen wurde von einem Faustschlag getroffen, eine andere landete in der Pfütze neben den toten Ferkeln.

Da betrat aus dem linken Gebäude eine weitere Nonne den Hof. Sie ging sehr langsam und mit so würdevollen Schritten, dass die Kerle in ihrem Tun innehielten und zu ihr hinüberstarrten.

»Lasst meine Mitschwestern los, auf der Stelle!«, befahl sie, gerade so laut, das man sie verstehen konnte.

Und die Fremden gehorchten.

Die Frau wartete ab, bis ihre Mitschwestern sich hinter ihr in Sicherheit gebracht hatten. Dann stellte sie in ruhigem Tonfall fest: »Ach, Ihr seid es, Herr Chrodegang. Ich dachte, eine Bande Räubergesindel wollte unser Kloster stürmen. Auch jetzt kann ich noch kaum glauben, dass Ihr in Wirklichkeit Soldaten von Karl, dem König der Franken, seid.«

Der Mann warf ihr einen hasserfüllten Blick zu. Dennoch befahl sie mit lauter Stimme: »Verlasst den heiligen Boden unserer Insel! Sonst wird unser Herzog Euch bis an das Ende der Erde jagen. Und wenn er Euch ergriffen hat, wird er Eure abgeschlagenen Köpfe an unsere Torhalle nageln!«

Die Kerle brachen in schallendes Gelächter aus. Trotzdem stand die Nonne weiterhin ruhig da und sah auf sie hinab, als wären sie ekelhafte Würmer in einem verdorbenen Brei.

Nach einer viel zu langen Zeit wurde es wieder ruhiger, und der schwarzbärtige Chrodegang verkündete: »Freu dich nicht zu früh, dummes Weib! Euer glorreicher Fürst wird Euch nie wieder beschützen.«

Für einen Moment war es totenstill auf dem Hof. Dann stellte die Nonne mit bewundernswerter Gelassenheit fest: »Ihr lügt. Die Strafe ist Euch sicher. Das wisst Ihr genau.«

Da stützte der Anführer seine Hände in die Hüften, und er grinste so breit, dass Regina die Lücke zwischen seinen vorderen Zähnen sehen konnte. »Gute Frau, König Karl persönlich hat uns geschickt. In seinem Auftrag fordern wir: Gebt sofort die Kostbarkeiten heraus, die Euer Herzog dem Kloster zum Geschenk gemacht hat!«

Die Nonne wurde kreidebleich; hinter ihr drückten sich ihre Mitschwestern angstvoll aneinander. Dennoch stand sie immer noch aufrecht da.

Als sie nicht antwortete, wurde Chrodegang dunkelrot vor Zorn. »Wollt Ihr dem mächtigen König Karl etwa verweigern, was er verlangt?«, bellte er. »Bedenkt: Ihr seid uns schutzlos ausgeliefert! Und das Erbarmen unseres Herrn ist nicht groß, denn wir dürfen mit Euch verfahren, wie es uns beliebt. Genau das werden wir jetzt tun. Denn Euren Kirchenschatz finden wir auch ohne Eure Hilfe.«

Er drehte sich zu seinen Männern um und rief: »Na los, die Weiber gehören euch!«

Regina wurde schwindelig vor Entsetzen; schneller und immer schneller drehte sich alles um sie herum, dennoch konnte sie die panischen Schreie der Nonnen und das Gebrüll der Kerle hören. Dann war da nur noch eine einzige weibliche Stimme. Sie rief ihren Namen, leise zuerst, dann immer lauter, immer drängender: »Regina! Regina!!!«

DAS MYSTERIUM
DER MÜNSTERKIRCHE

»Ganz ruhig, ganz ruhig, so beruhige dich doch«, bat sie eine männliche Stimme, und jemand packte sie an der Schulter.

Nein, bitte nicht auch noch ich!, dachte sie panisch und begann, laut zu schreien und um sich zu schlagen.

Dann spürte sie, wie sie losgelassen wurde, und dieselbe männliche Stimme murmelte: »Also, ich weiß nicht …«

Er klangt verwirrt, beinahe hilflos, so gar nicht nach den brutalen anderen Kerlen. Trotz ihrer würgenden Angst wurde Regina auf einmal klar, dass sie diese Stimme kannte.

»Jetzt hat sie sich wohl beruhigt«, stellte nun eine weibliche Stimme fest.

»Ich habe so etwas noch nie erlebt«, beteuerte eine andere. »Schon gar nicht in einem meiner Kurse.«

»Das ist allerdings merkwürdig«, stimmte ihr die bekannte männliche Stimme zu. »Sie macht den Eindruck, als wäre sie dem Teufel persönlich begegnet.«

So ähnlich war es ja auch, dachte Regina.

Dann erst wurde ihr klar, wer da gerade gesprochen hatte. Es war Philipp. Befand sie sich etwa wieder im Meditationsraum des Klosters?

Endlich schaffte sie es, die Augen zu öffnen.

Tatsächlich kniete Philipp vor ihr, fühlte ihren Puls und begutachtete sie aufmerksam. Neben ihm standen Maggie und die anderen Kursteilnehmer und musterten sie mit verstörten Blicken.

»Gott sei Dank, da bist du ja wieder«, stellte Philipp nun erleichtert fest.

Verwirrt sah sie ihn an.

»Während der Meditation bist du plötzlich zur Seite gekippt«, fuhr er fort. »Anfangs dachte ich, dir wäre schlecht geworden. Doch als ich dich aufrichten wollte, hast du plötzlich angefangen zu schreien und wild um dich geschlagen.«

»Ich muss wohl eingeschlafen sein, und dann habe ich etwas ganz Fürchterliches geträumt«, antwortete Regina und richtete sich auf.

»Nein«, erklärte Heidrun ganz entschieden. »Deine Augen waren die ganze Zeit über halb offen. Und dann hast du vollkommen unverständliches Zeug gemurmelt, bevor du ausgeflippt bist.«

Regina war fassungslos. »Trotzdem muss ich eingeschlafen sein«, widersprach sie. »Und dann hab ich geträumt, ich wäre hier auf der Fraueninsel, aber in einer ganz anderen Zeit.«

Philipps Augen weiteten sich. »Wie meinst du das?«

Sie zuckte die Achseln. »Na ja, in einer Fantasiewelt eben. Das ist doch immer so, wenn man träumt.«

Ratlos schüttelte Maggie den Kopf. »Ich kann nur noch einmal wiederholen: So etwas ist während meiner Meditationen noch nie vorgekommen.«

Wir sollten allmählich das Thema wechseln, dachte Regina und erklärte: »Das ist jetzt auch nicht mehr so wichtig. Es ist ja vorbei, und es geht mir schon wieder ganz gut.«

Doch Philipp schüttelte den Kopf. »So siehst du aber gar nicht aus.«

»Wirklich nicht«, bestätigte Maggie. »Du bist so weiß wie die Wand hinter dir. Kannst du denn aufstehen?«

»Na klar«, behauptete sie, schob den Arm, den Philipp ihr hinhielt, energisch zur Seite und kämpfte sich auf die Beine.

»Du bist eiskalt«, meinte Philipp, der sie vorsichtshalber am Ellenbogen gefasst hatte.

»Wahrscheinlich habe ich deshalb von einem Unwetter geträumt«, vermutete sie.

Er seufzte. »Was hältst du davon, wenn ich dich draußen im Vorraum mal gründlich untersuche?«

»Meinetwegen«, brummte sie unwillig, denn am liebsten hätte sie sich wieder hingesetzt, sich in eine warme Decke gehüllt und einfach abgewartet, bis sie wieder einen klaren Kopf bekam.

Aber den besorgten Blicken der anderen Kursteilnehmer nach hatte sie dazu nicht die geringste Chance. Also tapste sie aus dem Übungsraum in das kleine Vorzimmer und sank in einen der beiden Sessel am Fenster.

Das Wetter draußen passte zu ihrem Alptraum: Schwere, eisengraue Wolken zogen über den Himmel. Ein heftiger Wind trieb sie vor sich her, verbog die Äste der Bäume, wirbelte bunte Herbstblätter durch die Luft und türmte das Wasser des Sees zu so hohen Wellen auf, dass die Fähre, die sich gerade dem langen Steg näherte, wie eine Nussschale hin und her schaukelte.

Vielleicht lag es ja an dem aufkommenden Sturm, dass sie so furchtbare Dinge geträumt hatte. Aber warum hatte sich der Traum nur so erschreckend echt angefühlt?

»Nun mach aus dieser Lappalie bloß kein Drama«, ermahnte sie Philipp, als dieser wenige Minuten später mit seinem Arztkoffer zu ihr trat.

Doch er ließ sich von ihren Worten nicht aus der Ruhe bringen. Gründlich horchte er sie ab, überprüfte ihre Reflexe und leuchtete mit einer kleinen Stablampe in ihre Pupillen. Dann überprüfte er noch ihren Gleichgewichtssinn.

»Du scheinst tatsächlich in Ordnung zu sein«, stellt er schließlich fest.

»Das habe ich dir doch gleich gesagt«, antwortete sie.

Er lachte leise und ließ sich in dem anderen Sessel nieder. »Hoffentlich verzeihst du mir, dass ich trotzdem sichergehen wollte. Und ich frage mich immer noch, was da eben mit dir los war.«

»Ich bin eingeschlafen«, erklärte sie zum wiederholten Mal. Warum nur konnte er die Dinge nicht einfach auf sich beruhen lassen?

»Vielleicht«, lenkte Philipp ein. »Aber du musst furchtbare Sachen geträumt haben. Du hast derart geschrien, dass du uns einen Mordsschrecken eingejagt hast. Was hast du denn da geträumt?«

Was sollte sie ihm denn jetzt sagen?, fragte sie sich. Wenn sie ihm erzählte, dass sie im Schlaf eine Horde wild gewordener Männer erlebt hatte, die ein paar friedliche Nonnen vergewaltigen wollten, würde er bestimmt denken, sie hätte so etwas am eigenen Leib schon einmal erfahren. Dabei war ihr das zum Glück noch nie passiert.

»Du willst es mir also nicht erzählen«, stellte er fest, als sie ihm keine Antwort gab. »Würdest du mir bitte trotzdem eine einzige Frage beantworten?«

Regina zog die Augenbrauen hoch. »Kommt darauf an.«

Prompt zog sich wieder dieses charmante Lächeln über sein Gesicht. »Mich würde wirklich interessieren, wie die Fraueninsel in deinem Traum denn ausgesehen hat.«

»Ich habe die karolingische Torhalle gesehen«, antwortete sie. »Eigenartigerweise stand sie nicht frei in der Landschaft, und eine Mauer zog sich um den ganzen Klosterbereich herum. Und zwischen der Torhalle und der Kirche standen drei Häuser im rechten Winkel zueinander. Dafür fehlte der Campanile. Ist schon merkwürdig, was man so zusammenträumt, oder?«

Irrte sie sich, oder war Philipp ein bisschen blass geworden? Aber nein. Dieser Eindruck entstand wohl durch die hellen Sonnenstrahlen, die gerade zwischen den dunklen Wolken hervorbrachen und auf sein Gesicht schienen. Denn nun sah er sie höchst amüsiert an, und seine Augen schienen Funken zu sprühen. »Ja, allerdings. In Wirklichkeit gibt es gar keine Klostergebäude vor der Kirche – außer der Torhalle natürlich. Eine Mauer existiert auch nicht, und der Glockenturm steht immerhin schon seit tausend Jahren an derselben Stelle.«

Da öffnete sich die Tür des Übungsraumes ein Stückchen, und Maggie spähte herein. »Wie geht's dir, Regina?«

»Gut fühle ich mich, sehr gut sogar«, erklärte sie. »Philipp hat mir gerade bestätigt, dass alles mit mir in Ordnung ist.«

»Richtig«, bekräftigte der. »Ich habe mir zwar Sorgen gemacht, aber die waren zum Glück umsonst.«

Maggie atmete sichtbar auf. »Da bin ich aber froh. Und die anderen sind es mit Sicherheit auch. Dann können wir ja weitermachen, oder? Kommt ihr mit?«

»Natürlich«, erklärte Philipp und stand auf.

Regina dagegen begann das Herz bis zum Hals zu schlagen. Betroffen musste sie sich eingestehen, dass sie sich doch ziemlich davor fürchtete, wieder einzuschlafen und in diese schreckliche Traumwelt zurückzugleiten, aus der sie gerade erst entkommen war. Wie sollte sie in dieser Stimmung bloß meditieren? Vermutlich würde sie die ganze Zeit über nur alles daran setzen, nicht nochmal einzudösen.

»Ich glaube, ich lass das Meditieren erst mal«, entschied sie. »Lieber mache ich stattdessen einen Spaziergang.«

Philipp nickte verständnisvoll. »Na klar. Schnapp ordentlich frische Luft und erhol dich ein bisschen.«

Als sie aus dem Gästetrakt ins Freie trat, spürte sie, wie die Spannung von ihr abfiel. Sie stieß einen erleichterten Seufzer aus, blieb stehen, schloss die Augen und ließ sich den Wind ins Gesicht wehen. Er roch nach feuchtem Laub und nach Regen.

Nach ein paar tiefen Atemzügen öffnete sie die Augen wieder, und ihr Blick fiel auf den Kirchturm. Ein guter Zeitpunkt, das Inselmünster zu besichtigen, dachte sie. Denn die würdevolle Ruhe einer Kirche war genau das Richtige, um wieder ins Lot zu kommen.

Sie spazierte über den Hof und unter dem Gewölbe der Klosterpforte hindurch, bog links ab und hatte nach kurzer Zeit das Münster erreicht. Dort öffnete sie die Türe der Vorhalle und stieg ein paar Treppenstufen hinunter.

Der Fußboden der kleinen spätgotischen Halle war mit alten Grabplatten ausgelegt, sogar an den Seitenwänden waren Grabplatten aufgestellt. Aber diese sah sie nur aus den Augenwinkeln, denn das Eingangsportal der Kirche zog ihre ganze Aufmerksamkeit auf sich.

Fasziniert trat sie näher und betrachtete es genauer.

Es wirkte fast schon elegant. Sein Tympanon war mit Rankenmustern verziert. Darüber staffelten sich drei Bögen, die rechts und links in schmale Säulen übergingen. Doch die beiden einzeln stehenden Säulen an seinen Außenseiten verliehen ihm eine archaische, beinahe geheimnisvolle Würde. Ihre Kapitelle trugen fremdartige, ungewöhnlich ausdrucksvolle menschliche Köpfe, die mit ihren ernsten Mienen und den riesigen Augen einen weisen, fast entrückten Eindruck machten. Sie passten nicht so richtig an das Portal einer Kirche, fand sie. Ihre Gesichter wirkten eher wie die Porträts von Priestern einer uralten, längst untergegangenen Religion.

Langsam ließ sie ihren Blick die Säulen hinabgleiten. Sie waren in die Erde eingetieft, und es sah ganz so aus, als hätten sie schon so lange dort gestanden, dass der Boden um sie herum mit der Zeit immer weiter angewachsen war, bevor man ihn mit den rötlichen Fliesen versehen hatte.

Die Basen der Säulen waren ebenfalls mit Gesichtern geschmückt: Rechts schien ein überlebensgroßer, bärtiger menschlicher Kopf den Besuchern frech die Zunge herauszustrecken. Und links drohte mit geöffnetem Maul das Gesicht eines Raubtieres, vielleicht eines Jaguars oder einer Löwin. Es schien Vorbeikommende förmlich davor zu warnen, einen Fuß in die Kirche zu setzen.

Warum diese Gesichter sie so faszinierten, konnte sie nicht sagen. Aber sie ahnte, dass diese wirklich uralt waren. Vielleicht sogar so alt wie das Inselkloster selbst.

Lange Zeit stand sie da, betrachtete das Tor und prägte sich jede Einzelheit ein.

Inmitten der Säulen war ein großes, hölzernes Tor angebracht, das mit einer eisernen, mit Metallnägeln beschlagenen Platte verkleidet war. In deren Mitte gab es eine spitzbogige Tür mit einem Löwenkopf als Türklopfer. Sie stand offen, und die steinerne Schwelle darunter war so tief ausgetreten, dass Regina sich sicher war: Über diese Stufe waren im Laufe der Jahrhunderte unendlich viele Menschen geschritten. Und sie würde es ihnen jetzt gleichtun.

Das Innere des Münsters bestand aus verschiedenen Stilrichtungen: runde romanische Bögen ruhten auf schweren Säulen, die den Raum in drei Kirchenschiffe unterteilten. Das gotische Deckengewölbe war mit Blumen ausgemalt, und an den Wänden standen goldgeschmückte, barocke Altäre. An der Südwand des Hauptschiffes hing ein riesiges Kreuz mit einer überlebensgroßen Christusfigur.

Langsam ging sie über die dunkelroten Fliesen, versuchte einige Inschriften zu entziffern und wunderte sich über mehrere verzierte Glaskästchen, in denen Heiligenreliquien ausgestellt waren.

Als sie den Altarraum fast erreicht hatte, entdeckte sie, dass dort die unteren Seiten der romanischen Bögen mit mittelalterlichen Fresken ausgemalt waren. Wie auf Schmuckbändern reihten sich elegante Vögel, würdevolle Engel und ein Christusporträt aneinander, dessen Gesicht sie besonders ausdrucksvoll fand.

Es fiel ihr schwer, den Blick von diesen kunstvollen, filigranen Bildern zu lösen. Aber weil sie so neugierig auf die Irmengardkapelle war, schaffte sie es schließlich doch.

In ihrem Reiseführer hatte sie gelesen, dass die selige Irmengard eine der ersten Äbtissinnen von Frauenwörth gewesen war. Sie hatte das Kloster nach einer Zeit des Verfalls wieder zu neuer Blüte geführt. Und ihre Kapelle lag in dem Umgang hinter dem Altar.

Gerade als sie dorthin gehen wollte, hörte sie Schritte hinter sich. Als sie sich umsah, entdeckte sie eine schwarz gekleidete Nonne, die zügig den Mittelgang der Kirche entlangging. In zwei oder drei Schritten Entfernung folgte ihr ein Mann, der ungefähr so alt sein mochte wie Regina selbst. Er trug eine Aktentasche und sah ein bisschen verwegen aus mit seinen breiten Schultern, dem blonden Bart und den hellen, zu einem Zopf gebundenen langen Haaren, den ausgewaschenen Jeans und dem abgetragenen grünen Parka.

Sie blieben vor dem Altar stehen und unterhielten sich angeregt, wobei der Fremde sich immer wieder interessiert nach allen Seiten umsah. Dann schüttelten die beiden sich lächelnd die Hand, und die Nonne verließ die Kirche wieder.

Als sie durch ein Seitentor verschwunden war, öffnete der Mann seine Tasche. Er zog einen Zollstock und eine prall mit Unterlagen gefüllte Mappe heraus und begann, den Kirchenraum zu vermessen. Immer wieder schaute er dabei in seine Papiere, kniete sich hin und machte sich Notizen, stand wieder auf und ging langsam weiter ...

Was machte er da?, fragte sie sich. War er vielleicht Kunsthistoriker oder Architekt? Gut möglich, dass man das Münster renovieren musste und er die Vorarbeiten machte.

Interessiert beobachtete sie, wie er seinen Bleistift zwischen die Zähne steckte und mit seinem Zollstock einen der runden Bögen vermaß. Dann schrieb er etwas auf. Dabei löste sich ein Haarstrang aus seinem Zopf und fiel ihm ins Gesicht.

Abwesend schob er ihn hinter sein Ohr und arbeitete weiter.

Regina fand, dass er ein bisschen wie ein Abenteurer wirkte, der schon durch die halbe Welt gereist war. Außerdem hatte er ein sympathisches Gesicht, und er schien vollkommen in seiner Arbeit aufzugehen. Das gefiel ihr.

Gerade rechnete er offenbar etwas nach, sah noch einmal in seine Unterlagen, schüttelte den Kopf und begann über das ganze Gesicht zu strahlen. Er machte den Eindruck, als könne er seine eigenen Ergebnisse nicht fassen.

Nun wollte sie aber wirklich wissen, was er da machte.

Während er ihr den Rücken zukehrte, sich noch einmal hinkniete und seinen Zollstock weiter aufklappte, setzte sie sich in Bewegung. Um ihn nicht zu stören, schlich sie auf leisen Sohlen zu ihm hinüber.

Während sie langsam näherkam, zog er vorsichtig ein zusammengefaltetes Blatt aus seiner Mappe, entfaltete es behutsam und breitete es auf den Steinplatten aus.

Sie konnte erkennen, dass es sich offensichtlich um den Grundriss des Münsters handelte.

Langsam ging sie weiter.

Ja, es musste die Kirche des Klosters sein.

Leise trat sie noch ein wenig dichter an den Mann heran. Da stand er plötzlich auf, geriet ein wenig ins Taumeln, machte einen Schritt rückwärts und stieß mit ihr zusammen. Regina verlor das Gleichgewicht, klammerte sich an seine Schulter, und sie landeten beide unsanft auf dem Fußboden.

»Ja, äh … hallo!« Sie rieb sich ihren schmerzenden Ellenbogen, hob den Kopf und sah in ein Paar grüner Augen, in denen goldene Lichter zu tanzen scheinen.

»Mann oh Mann!«, schnaufte der Fremde verdutzt. »Und ich habe gedacht, ich wäre ganz alleine hier.«

Mühevoll hievte Regina sich in eine kniende Position. »Entschuldigung! Das tut mir wirklich leid! Eigentlich wollte ich nur wissen, was Sie da machen, und dann … So ein Pech aber auch!«

Ein amüsiertes Lausbubengrinsen zog sich über sein Gesicht. »Schon gut. Ist ja nichts passiert. Und um Ihre

Neugierde zufriedenzustellen: Ich bin Archäologe und soll im Auftrag der Archäologischen Staatssammlung in München das Münster von Frauenwörth untersuchen.«

Er stand auf und hielt ihr die Hand hin. »Tobias Hofrichter. Freut mich, dass sich jemand für meine Arbeit interessiert.«

Sie ergriff seine Hand und kam ebenfalls auf die Beine.

»Regina Dernkamp«, sagte sie. »Ich mache hier im Kloster einen Meditationskurs.«

»Dann haben Sie ja ein paar entspannte Tage vor sich«, erwiderte er und bückte sich, um seine Utensilien wieder einzusammeln.

»Und was genau erforschen Sie hier, und das auch noch ausgerechnet an einem Samstag?«, hakte sie nach.

Mit Zollstock und Aktenmappe in der Hand richtete er sich wieder auf. »Sie haben schon recht, meine Arbeitszeit ist etwas ungewöhnlich. Aber mein Auftrag ist so spannend, dass ich nicht bis Montag warten wollte. Sehen Sie: Mein Chef, also Dr. Bernd Steidl, hat sich in der letzten Zeit intensiv mit dem Kloster Frauenwörth beschäftigt. Dabei ist er einer ... hmm ... einer ziemlich großen Sache auf die Spur gekommen. Darum hat er mich gebeten, mir das Münster noch einmal ganz genau anzusehen, Vermessungen durchzuführen und so weiter.«

»Wie interessant!«, antwortete Regina. »Was ist denn das für eine große Sache? Oder dürfen Sie nicht darüber reden?«

»Doch, doch«, versicherte er. »Ein paar Leute hier auf der Insel wissen ja schon Bescheid. Aber ...« Er warf einen Blick auf seine Uhr, »ich bin heute Morgen schon so früh aus München losgefahren, dass ich jetzt echt einen riesigen Kohldampf schiebe. Wollen wir unsere Unterhaltung nicht bei einem Mittagessen fortsetzen?«

»Gerne«, stimmte Regina erfreut zu.

Als sie den Ausgang des Münsters ansteuerten, schlug die Glocke im Kirchturm ein Uhr.

»Wie wäre es, wenn wir das Gasthaus Zur Linde nehmen? Gleich neben der Torhalle«, schlug er vor, während sie vorsichtig über die tief ausgetretene Schwelle des Eingangsportals stiegen.

»Warum nicht?«, erklärte Regina und warf noch einmal einen Blick zurück auf die eigenartigen, würdevollen Gesichter an den Kapitellen der Säulen.

Draußen wehte immer noch ein starker Wind, und die schweren Wolken schickten feinen Nieselregen auf sie herab. Fröstelnd zog Regina die Schultern hoch und bereute heftig, dass sie in ihrem aufgewühlten Zustand ihre Jacke im Gästehaus vergessen hatte. Ihr Begleiter dagegen schien sich an dem schlechten Wetter nicht zu stören. Obwohl sein Parka offenstand und Wind ihm Wassertropfen ins Gesicht wehte, wirkte er, als wäre er mit sich und der Welt zufrieden. Er schien in Gedanken immer noch in der Klosterkirche zu sein, denn er schaute ein paarmal zurück, und danach schüttelte er jedes Mal ungläubig den Kopf.

Regina nutzte die Gelegenheit, ihn aus den Augenwinkeln zu betrachten.

Eigentlich wirkte er wie ein handfester Naturbursche, der nicht allzu viel Zeit am Schreibtisch verbrachte. Obwohl es schon Herbst war, war er immer noch braun gebrannt, und seine schwieligen Hände hatten ein paar frische Schrammen. Bestimmt leitete er eine Ausgrabung, schlussfolgerte sie.

Inzwischen hatten sie die Torhalle durchschritten, und nur noch wenige Meter trennten sie vom Gasthaus Zur Linde.

»Da wären wir«, erklärte er. »Sind Sie schon mal hier gewesen?«

»Nein«, gestand sie. »Ich bin zum ersten Mal auf der Insel und gestern erst angekommen.«

»Das Wirtshaus Zur Linde ist über 600 Jahre alt«, informierte er sie. »Angeblich ist es eines der ältesten Gasthäuser in Bayern. Aber das behauptet man von erstaunlich vielen Gasthäusern. Was das angeht, lässt sich leider kaum etwas beweisen, es sei denn, man würde unter all diesen Gebäuden Ausgrabungen machen.«

Sie lächelte. »Da würden sich die Wirte aber freuen.«

»Tja.« Sein Mund verzog sich wieder zu einem sympathischen Jungengrinsen. »Wie viele Steine man der Wissenschaft doch in den Weg legt ...«

Inzwischen hatten sie die Eingangstür erreicht, die er für sie aufhielt. Gemeinsam gingen sie ein paar Stufen zu einer Art Vorraum mit nur wenigen Tischen und Bänken hinauf.

»Was halten Sie davon, wenn wir uns hier hinsetzen?«, schlug er vor. »Durch die großen Fenster haben wir nämlich einen sehr schönen Ausblick bis hinunter auf den Chiemsee.«

»Gefällt mir gut«, stimmte sie ihm zu.

Tobias Hofrichter zog sich den Parka aus, legte ihn auf die Bank und setzte sich so hin, dass Regina, die ihm gegenüber Platz nahm, nach draußen sehen konnte.

Das Panorama war tatsächlich überwältigend. Nicht einmal das schlechte Wetter konnte etwas daran ändern. Zwischen den Bäumen mit ihren vom Wind gepeitschten Ästen konnte Regina auf das aufgewühlte Wasser des Chiemsees schauen. Vertäute Boote lagen am Ufer, und weiter draußen pflügte eine Fähre durch die Wellen.

»Diese Aussicht ist ja wildromantisch«, murmelte sie beeindruckt.

»Nicht wahr?« Tobias Hofrichter strahlte. »Ich liebe diese Insel. Meine Großeltern haben hier gewohnt, und ich war oft bei ihnen. Deshalb hat Dr. Steidl ja auch mich hierher geschickt. Er meinte, es sei ein großer Vorteil, dass ich hier jeden kenne.«

»Da könnte er recht haben«, stimmte Regina ihm zu.

»Mag sein«, erwiderte er und wiegte den Kopf. »Andererseits sind die Leute hier längst nicht so verschroben und verschlossen, wie viele Auswärtige, mein Chef inklusive, annehmen.«

Nachdem die Kellnerin die Speisekarten gebracht hatte, musterte Regina den Archäologen noch einmal unauffällig, während er las.

Wenn er seine Brauen zusammenzog, wirkte er ein bisschen wie ein Adler, der nach Beute Ausschau hielt.

»Es gibt Knödel mit Schwammerlsoße«, freute er sich. »Das war eine Spezialität meiner Oma. Als Kind habe ich manchmal mit ihr drüben auf dem Festland Pilze gesammelt.«

Am Ende bestellten sie sich beide die Knödel mit Salat. Danach wollte sie endlich wissen, was genau er denn nun in der alten Münsterkirche untersucht hatte.

»Dr. Steidl hat sich die Akten der beiden Grabungen angeschaut, die man nach dem Zweiten Weltkrieg auf dem Gelände von Frauenwörth gemacht hat«, erläuterte er. »Ausgewertet hat die nämlich bisher noch niemand, und …«

»Warum hat man sie denn so lange liegen lassen?«, unterbrach sie ihn.

Tobias Hofrichter seufzte. »Das ist leider kein Einzelfall. Wir Archäologen haben so viel mit den Ausgrabungen selbst zu tun, dass wir kaum zum Bearbeiten der Funde kommen. Wenn wir Glück haben, schreibt früher oder später mal ein Doktorand seine Arbeit über eine liegen gebliebene Grabung, oder ein junger Wissenschaftler bekommt dafür ein

Forschungsstipendium. Vielleicht arbeitet ein pensionierter Archäologe auch mal ein paar Akten auf. Aber viele Aufzeichnungen und Funde werden wohl bis in alle Ewigkeit unbeachtet in den Regalen der Museumsdepots vor sich hinmodern. Leider!«

»Es sei denn, ein Museumsmann holt sie hervor und entdeckt Erstaunliches«, ergänzte Regina.

Nun musste er lachen. »Da haben Sie recht. Erstaunlich sind Dr. Steidls Ergebnisse wirklich.«

»Was hat er denn nun herausgefunden?«, drängelte sie.

Tobias Hofrichter räusperte sich. »Bisher glaubte man, dass das Münster auf den Fundamenten seines Vorgängers stünde. Der wurde ab dem Jahr 772 gebaut, zur Zeit von Herzog Tassilo III., der das Kloster Frauenwörth gegründet hat. Aber mein Chef ist sich inzwischen so gut wie sicher, dass noch sämtliche Mauern der Kirche aus der Epoche der Klostergründung stammen. Nur die Decke ist gotisch und etwa siebenhundert Jahre jünger.«

»Oha«, murmelte Regina beeindruckt. »Wie kommt er denn darauf? Und warum hat das bisher noch niemand gemerkt?«

»Er ist halt seit langer Zeit der erste, der sich mit den Aufzeichnungen gründlich beschäftigt hat«, erklärte Tobias. »Dabei ist ihm aufgefallen, dass der gesamte Bau des Münsters vom ersten bis zum letzten Stein einem einzigen, durchgehenden Plan folgt. Das Maßsystem, das der Architekt damals für diese Kirche verwendet hat, ist duodezimal. Das heißt: Es nimmt die Zwölf als Basis und nicht die Zehn, wie es heute üblich ist. Damit geht es eindeutig auf die Römer zurück. Vor allem die Baumeister in Italien haben aber noch bis in die Zeit Kaiser Karls des Großen und Herzog Tassilos mit den römischen Messmethoden gearbeitet. Doch im elften Jahrhundert, als man das Münster angeblich erst errichtet hat, gab es das Duodezimalsystem nicht mehr.«

Regina brauchte einen Moment, bis sie das Gesagte voll und ganz begriffen hatte. »Ja klar, das macht absolut Sinn«, murmelte sie dann.

»Offenbar haben der Herzog und seine Frau damals Fachleute aus Italien hierher auf die Fraueninsel geholt«, fuhr er fort. »Und seit das Inselmünster erbaut wurde, hat man an ihm nichts Grundlegendes mehr verändert. Außer der gotischen Decke natürlich.«

»Dann muss diese Kirche genauso alt sein wie die Torhalle«, überlegte Regina laut. »Aber ... aber das ist ja fantastisch!«

Tobias lächelte. »Das Münster ist sogar noch etwas älter. Wenn man damals ein Kloster gebaut hat, wurde nämlich immer zuerst die Kirche errichtet, danach kamen die Wohngebäude an die Reihe und erst ganz am Schluss das Tor.«

Regina schüttelte den Kopf, denn sie konnte immer noch nicht so recht glauben, was sie gerade erfahren hatte.

»Wir Archäologen und die Bauhistoriker finden in den letzten Jahren öfter heraus, dass ein Gebäude viel älter ist, als man bisher geglaubt hat«, ergänzte er. »Das liegt einfach daran, dass es immer bessere Datierungsmethoden gibt. Heute können wir zum Beispiel bei einem alten Balken mithilfe der Jahresringe herausfinden, wann der dazu gehörige Baum gefällt wurde. So lässt sich das Gebäude datieren, in dem man das Holz verbaut hat.«

»Es sei denn, man hat diesen Balken zum zweiten Mal verwendet«, widersprach sie.

»Im Grunde haben Sie recht«, gab er zu. »Aber in diesem Fall hätte man das Holz mit Sicherheit noch einmal neu bearbeitet, und das kann man recht gut erkennen.«

Regina nickte langsam. »Fragt sich nur: Warum geht Dr. Steidl mit seiner Entdeckung nicht an die Öffentlichkeit? Das ist doch eine kleine Sensation, nicht nur für die Bewohner der Insel, sondern auch für all die Touristen, die sich für Geschichte interessieren.«

Tobias Hofrichter zuckte die Achseln. »Er möchte vorher halt ganz sichergehen. Darum hat er mich ja gebeten, mir die Kirche noch einmal genau anzuschauen. Und nach dem, was ich bisher gesehen habe, bin ich jetzt schon der Meinung, dass er recht hat. Aber ich werde weiterforschen, bis ich nicht mehr den geringsten Zweifel habe.«

»Ihr Archäologen habt wirklich einen interessanten Beruf«, stellte sie fest.

Da kam die Kellnerin mit dem Essen, und die beiden konzentrierten sich auf ihre Knödel mit Schwammerlsoße.

»Wie lange arbeiten Sie denn schon für die Archäologische Staatssammlung?«, frage Regina, als ihre Teller fast leer waren.

Tobias Hofrichter nahm einen Schluck Mineralwasser. »Seit etwa zehn Monaten. Vorher habe ich mehrere Jahre lang Ausgrabungen am Schwarzen Meer mitgemacht. Wir haben dort griechische Siedlungen aus der Antike erforscht.«

Was für ein spannendes Leben!, dachte sie, denn bisher hatte sie gar nicht gewusst, dass in der Antike auch Griechen am Schwarzen Meer gelebt hatten.

Aber laut sagte sie: »Und warum haben Sie diese interessante Arbeit dann für einen Job in München aufgegeben?«

Nachdenklich rührte Tobias Hofrichter mit seiner Gabel in einem Rest Schwammerlsoße. »Das ist mir tatsächlich gar nicht so leichtgefallen. Aber bei meinem alten Arbeitgeber gab es leider ein Problem: Ich habe immer nur Zeitverträge bekommen und wusste nie, ob es für mich länger als die nächsten ein, zwei Jahre weitergehen würde. Dann bekam ich die Chance auf die Festanstellung bei der Archäologischen Staatssammlung und habe zugegriffen.«

»Das ist verständlich«, fand Regina. »Vermissen Sie denn Ihr altes Leben als … hmm … Abenteurer?«

Tobias Hofrichter verzog das Gesicht. »Warum glauben bloß so viele Leute, wir Archäologen führten ein Leben wie Indiana Jones?«

Regina lachte. »Weil es genauso klingt, wenn Sie davon erzählen.«

»Genießen Sie Ihre Illusionen«, seufzte er. »Trotzdem: Mein altes Leben fehlt mir weniger, als ich befürchtet hatte. Sie sehen ja, was für interessante Entdeckungen man auch hier in Deutschland machen kann.«

Zwei Männer kamen herein. Sie trugen Trachtenjacken und bewegten sich so selbstverständlich durch den Raum, dass Regina sofort klar war, dass es Einheimische waren.

Und tatsächlich winkte Tobias Hofrichter ihnen zu. »Ludwig! Josef! Hallo! Wie geht's euch denn?«

»Hallo Tobias! Na so eine Überraschung!«, rief der Dunkelhaarige erfreut aus. »Was machst du denn hier?«

Und der Herr mit den grauen Schläfen fügte hinzu: »Dich hab ich ja schon ewig nicht mehr gesehen. Ist ja auch kein Wunder, wo du doch in aller Welt unterwegs bist.«

Die beiden kamen zu ihnen an den Tisch.

»Darf ich euch Regina Dernkamp vorstellen?«, sagte Tobias. »Eine der wenigen, die sich hier für meine Arbeit interessiert.«

Die Männer begrüßten sie kurz und wendeten sich gleich wieder Tobias zu. »Du hast's doch bestimmt schon gehört, oder?«

Tobias runzelte die Stirn. »Ganz ehrlich: Ich hab keine Ahnung, wovon du sprichst. Schließlich bin ich erst heute Morgen aus München gekommen. Außer mit der Mutter Oberin habe ich noch mit keinem hier geredet.«

»Dann wird's aber Zeit, dass du es endlich erfährst«, brummte Ludwig mit den grauen Schläfen. »Unser alter Anton ist vergangene Nacht gestorben.«

Tobias Hofrichter wurde blass. »Großer Gott! Was ist denn passiert?«

»Ja, also …«, begann sein Gegenüber bedrückt. Doch dann blieb ihm die Stimme weg.

»Heute Morgen in aller Frühe hat der Xaver Graspeunter seine Leiche gefunden«, berichtete Josef an seiner Stelle. »Sie trieb am Ufer im Wasser.«

»Wie bitte?«, rief Tobias aus. »Der Anton ist doch nicht etwa ertrunken?«

»Die Polizei vermutet es«, bestätigte Ludwig achselzuckend.

»Aber das kann doch gar nicht sein«, protestierte Tobias Hofrichter aufgeregt. »Anton war ein ausgezeichneter Schwimmer. Jemand wie der ertrinkt doch nicht.«

Hilflos zuckte Josef die Achseln. »Am Abend vorher soll er noch lange im Klosterwirt gesessen haben. Angeblich hat er sich dort mit jemandem getroffen, der ihm seine alte Fischerkate abkaufen wollte. Dabei ist es wohl mächtig zur Sache gegangen. Der Anton soll richtig wütend geworden sein. Außerdem hat er angeblich stark geschwankt, als er nach Hause gegangen ist. Wahrscheinlich hatte er zu viel getrunken. Dann ist er wohl ins Wasser gefallen. Tja …«

»Das zumindest denkt der Kommissar, der die Ermittlungen leitet«, ergänzte Ludwig.

»Aber das ist doch kompletter Unsinn!«, erklärte Tobias vehement. »Der Anton hat sein Leben lang nie zuviel getrunken.«

»Genau«, pflichtete Josef ihm bei. »Hier glaubt diese Geschichte ja auch niemand. Der Xaver und der Peter Schafleitner haben auch schon mit den Beamten darüber gesprochen.«

»Vielleicht hat er einen Schlaganfall gehabt«, mischte sich Regina ein. »Der führt ja oft auch zu Gleichgewichtsstörungen. Und dann ist der arme Mann möglicherweise ins Wasser gefallen und einfach nicht mehr allein wieder rausgekommen.«

»Sie haben recht, das klingt schon wahrscheinlicher«, meinte Tobias. Er war immer noch sehr blass, und seine Hände zitterten ein bisschen. Die Nachricht von Antons Tod schien ihn bis ins Mark getroffen zu haben.

Doch Ludwig beugte sich zu ihm hinüber und raunte ihm zu: »Mag sein. Aber wir hier auf der Insel glauben, dass man den armen Anton umgebracht hat.«

Regina schnappte erschrocken nach Luft.

Und Tobias protestierte: »Sagt mal, spinnts ihr jetzt komplett?«

»Von wegen«, wehrte Josef ab. »Der Anton hat oft Angst gehabt in der letzten Zeit. In den vergangenen Monaten haben ihm nämlich schon mehrmals irgendwelche Unbekannte sein verfallenes Häuschen abkaufen wollen, aber er hat jedes Mal abgelehnt. Daraufhin hat er in den letzten Wochen doch tatsächlich anonyme Morddrohungen am Telefon bekommen.«

»Dann hieß es: Wenn ihm sein Leben lieb wäre, solle er seine Bruchbude endlich verkaufen«, ergänzte Ludwig kopfschüttelnd.

»Das glaubt ihr doch wohl selbst nicht«, widersprach Tobias. »Wer sollte denn so etwas …«

»Und ob ich das glaube«, widersprach Josef. »Anton hat erst vorgestern mit mir darüber gesprochen. Richtig gefürchtet hat er sich. Und ich habe ihm geraten, dass er zur Polizei gehen soll.«

»Aber dafür hatte er offenbar keine Zeit mehr«, ergänzte Ludwig traurig.

Tobias war noch eine Spur bleicher geworden. »Hoffentlich hat das auch jemand dem ermittelnden Kommissar gesagt.«

»Aber klar«, versicherte Josef. »Der möchte den Anton jetzt obduzieren lassen. Aber der Staatsanwalt muss dem noch zustimmen, und das kann er erst am kommenden Montag machen.«

»Was bedeutet, dass vor dem nächsten Dienstag wohl nicht viel passieren wird«, schlussfolgerte Tobias.

»Richtig«, stimmte Ludwig ihm zu. »Aber wir von der Insel treffen uns gleich alle hier. Wir wollen Antons Beerdigung besprechen. Es geht um die Sargträger, den Blumenschmuck und so weiter. Du weißt schon.«

»Wo du sowieso schon hier bist, solltest du auf jeden Fall mit dabei sein, finde ich«, sagte Josef. »Wo der Anton doch der beste Freund deiner Großeltern gewesen ist …«

»Genau«, bekräftigte Ludwig. »Und wir wissen doch alle, wie gern du ihn gehabt hast.«

»Uns wird er auch fehlen«, gestand Ludwig. »Obwohl er in den letzten Jahren immer merkwürdiger geworden ist, stur vor allem und noch eigenbrötlerischer, als er immer schon gewesen ist. Am Schluss hat er niemanden mehr in sein altes Häuschen gelassen. Nicht einmal seine besten Freunde.«

Josef seufzte. »Ja, so war er. Auch ich hab mich zuletzt nur noch im Gasthaus mit ihm getroffen. Und nun muss ich die ganze Zeit daran denken, wie er in den letzten Jahren oft unter der alten Linde beim Klosterwirt gestanden und auf den See geschaut hat, mit seinem krummen Buckel und seiner hageren Figur … Einfach unverwechselbar, unser alter Anton.«

Regina erschrak bei diesen Worten. Offenbar gab es auf der Fraueninsel niemanden, der Anton Grubner auch nur im Entferntesten ähnlich sah. Aber wen hatte sie dann am frühen Morgen vor ihrem Fenster gesehen?

Während sie noch darüber nachdachte, ging wieder die Eingangstür auf, und ein ganzer Pulk von Menschen strömte die Treppe hinauf.

»Da sind ja endlich die anderen«, stellte Ludwig erfreut fest. »Also, wie sieht's aus, Tobias? Kommst du mit?«

»Wäre das denn für Sie in Ordnung, Frau Dernkamp?«, fragte der vorsichtig. »Ich habe Ihnen ja noch längst nicht alles erzählt, was Sie wissen möchten.«

Regina war immer noch mit den Gedanken beim alten Anton und brauchte einen Moment, bis sie reagieren konnte. »Aber natürlich. Das ist doch selbstverständlich.«

»Danke für Ihr Verständnis«, sagte er. »Wenn Sie möchten, können wir uns ja morgen Mittag wiedersehen.«

»Gerne«, stimmte Regina zu. »Um die gleiche Zeit und wieder hier?«

»Ja, das wäre schön«, antwortete er.

»Na, dann bis morgen, Herr Hofrichter.«

»Tobias reicht«, erwiderte er und gab ihr die Hand.

»Dann bis morgen, Tobias«, wiederholte sie lächelnd.

»Mach's gut, Regina«, sagte er.

Sie sah ihm zu, wie er nach allen Seiten grüßte und jede Menge Hände schüttelte. Als er mit seinen Freunden in der großen Gaststube verschwunden war, blieb sie noch eine Weile sitzen und schaute auf den aufgewühlten Chiemsee. Sie fragte sich immer noch, wen sie da nach dem Aufwachen gesehen hatte. Ein später Inselgast konnte es jedenfalls kaum gewesen sein, nicht um diese späte Jahreszeit.

Inzwischen war es schon kurz vor zwei Uhr, und in wenigen Minuten würde der nachmittägliche Meditationskurs beginnen. Schnell bezahlte sie und machte sich wieder auf den Weg. Während sie mit eiligen Schritten zum Kloster zurückging, beschloss sie, nicht weiter über ihr merkwürdiges Erlebnis am frühen Morgen nachzudenken. Wahrscheinlich würde sie ja doch nicht herausfinden, wen sie da gesehen hatte. Und vielleicht war das auch gar nicht so wichtig.

SCHATTEN VON GLÜCK
UND VERDERBEN

Als Regina im Seminarraum ankam, saßen die anderen schon im Schneidersitz auf dem Boden, und in ihren Gesichtern stand geschrieben, dass sie sich Gedanken um sie gemacht hatten.

Sie hätte wirklich etwas früher zurückkommen müssen, dachte sie mit schlechtem Gewissen.

Doch das Gespräch mit den Inselbewohnern hatte sie so mitgenommen, dass sie die Uhrzeit darüber völlig vergessen hatte.

Maggie sprach aus, was offenbar alle dachten: »Gott sei Dank, da bist du ja. Wir haben uns schon Sorgen um dich gemacht.«

»Das tut mir leid«, sagte sie zerknirscht. »Aber jetzt geht es mir wirklich wieder gut.«

»Dann können wir ja loslegen«, stellte Maggie fest.

Eilig hockte sich Regina zu den anderen auf den Boden und richtete ihren Blick auf das Parkett. Von ihrer linken

Seite hörte sie leises Rascheln. Jemand räusperte sich. Ein anderer seufzte. Dann war es still.

Auch sie saß ganz ruhig da. Aber ihre nach oben gedrehten Handflächen waren feucht, und am liebsten wäre sie einfach wieder aufgestanden und gegangen. Doch das hätte sie sich wohl eher überlegen müssen. Was sollten denn die anderen von ihr denken, wenn sie nun schon wieder die Flucht ergriff?

»Denkt daran: Setzt euch gerade hin, aber bleibt entspannt«, sagte Maggie. »Atmet immer wieder tief ein und zählt dabei bis zehn: Einatmen-ausatmen-eins ... einatmen-ausatmen-zwei ...«

Bloß nicht einschlafen!, ermahnte sich Regina.

Sie war so aufgeregt, dass sie Schwierigkeiten hatte, ruhig zu atmen.

»Einatmen-ausatmen-drei ...«

Vielleicht war es ein Fehler gewesen, diesen Meditationskurs zu buchen. Es war nämlich gut möglich, dass sie gar nicht der Typ dafür war. Was sollte dieses fruchtlose Herumsitzen überhaupt?

»Einatmen-ausatmen-vier ...«

Allmählich bekam sie das Gefühl, dass ihre angespannten Muskeln sich ein wenig lockerten.

»Einatmen-ausatmen-fünf ...«

Die ängstliche Stimme in ihrem Kopf wurde leiser. Sogar ihr Herzschlag beruhigte sich langsam.

»Einatmen-ausatmen-sechs ...«

Du brauchst dich nicht zu fürchten, sagte sie sich. Diesmal wird dir nichts passieren. Ganz bestimmt nicht.

»Einatmen-ausatmen-sieben ...«

Mehr und mehr übernahmen Maggies ruhige Stimme und ihre eigenen, tiefen Atemzüge die Führung. Ihre furchtsamen Gedanken verstummten. Irgendwann war da nur noch ihr Atem. Sie sah auf das hellbraune Parkett, aber das spielte keine Rolle, eigentlich war es gar nicht da …

»So, nun kommt langsam wieder zurück.«

Regina hatte keine Ahnung, wie viel Zeit vergangen war.

»Atmet noch einmal tief durch, bewegt den Kopf, rollt eure Schultern …«

Nun erst dachte sie wieder daran, was am Vormittag bei der Meditation passiert war.

»Streckt eure Beine aus und bewegt ein bisschen die Zehen.«

Diesmal war offenbar alles gut gegangen, und eingeschlafen war sie auch nicht. Ansonsten war ihr ebenfalls nichts Unvorhergesehenes passiert. Sie hatte tatsächlich einfach nur dagesessen und meditiert. Das hatte ihr sogar gutgetan, denn sie war wahrscheinlich noch nie im Leben so entspannt gewesen wie in diesem Augenblick.

Sie stieß einen erleichterten Seufzer aus und schaute auf.

Und sie bekam einen Schrecken, denn sämtliche Kursteilnehmer sahen zu ihr herüber. Hatte sie etwa doch wieder geschrien?

»Du siehst richtig gut aus«, sagte da Philipp zu ihrer grenzenlosen Erleichterung.

»Na klar«, erwiderte sie leichthin. »Mir geht's ja auch prima. Das Meditieren hat mich richtig entspannt.«

Er schenkt ihr ein umwerfendes Lächeln. »So soll es sein.«

Maggie schlug vor, im Dämmerlicht des späten Nachmittags noch einen kleinen Spaziergang um die Südspitze der Insel zu machen.

»Das ist eine tolle Idee«, sage Regina zu Philipp, als sie sich ihre Jacken überstreiften.

Inzwischen hatte es aufgehört zu regnen. Und als sie aus dem Gästetrakt auf den Hof gingen und den Klosterbereich durch ein Seitentor verließen, rissen die letzten dunklen Wolken auf und machten Platz für das purpurne Licht der untergehenden Sonne. Langsam spazierten sie an knorrigen Bäumen und im Wind flüsternden Büschen vorbei über den schmalen Uferweg. Einmal schloss sie kurz die Augen, atmete tief die frisch und sauber riechende Luft ein und genoss den Wind, der zärtlich über ihr Gesicht strich. Dann ertönte ein lautes Quaken, sie schaute auf und sah ein Rudel Wildgänse, das in seiner typischen Einserformation über den dunkelroten Himmel glitt.

»Ist das schön!«, seufzte sie. »Eigenartig ... Ich habe das Gefühl, als würde ich gerade alles viel intensiver wahrnehmen als sonst.«

»Das liegt vermutlich an der Tiefenentspannung durch die Meditation«, meinte Philipp neben ihr.

Nun hatten sie die Spitze der Insel erreicht. Sanft plätscherten die Wellen an Land. Sie spiegelten die intensiven Farben der Wolken wider und ließen den Kies am Ufer wie kostbare Steine funkeln. Weiter draußen konnte Regina eine kleine Insel sehen, die mit Bäumen und hohem Gras bewachsen war.

»Das ist die sogenannte Krautinsel. Die Bewohner von Frauenchiemsee haben dort lange ihre Gemüse angebaut«, erklärte Maggie. » Und dahinter könnt ihr Herrenchiemsee mit dem ehemaligen Männerkloster sehen.«

Regina lächelte. So abgeschieden, wie sie anfangs gedacht hatte, war Frauenwörth gar nicht gewesen, denn die beiden Klöster lagen nicht allzu weit voneinander entfernt. Bestimmt war in früheren Zeiten so manche Nonne heimlich mit dem Boot zur Herreninsel hinübergerudert, um sich dort mit einem hübschen jungen Mönch zu treffen. Der Gedanke gefiel ihr.

Etwas hatte ihre Hand berührt, ganz leicht nur.

Das konnte nur Philipp gewesen sein. Sie schaute sich nach ihm um.

Er stand dicht hinter ihr und sah sie mit einer so liebenswerten Mischung aus Bewunderung und Zärtlichkeit an, dass ihr ganz warm ums Herz wurde.

Und sie hatte nicht einmal bemerkt, dass ihre Kurskollegen längst weitergegangen waren. Nun stand sie einfach nur da und sah in Philipps dunkle Augen, die auf so faszinierende Weise leuchteten. Als er behutsam nach ihrer Hand tastete, ließ sie es geschehen.

»He, wo bleibt ihr denn?«

Das war Heidrun. Na klar, wer sonst?

Philipps Augen blitzten amüsiert, als er ein bisschen ihre Hand drückte und fragte: »Tun wir ihr den Gefallen?«

Sie nickte nur, und sie schlossen zu den anderen auf.

*

Leise singend stieg Regina die Treppe in den ersten Stock des Gästetraktes hinauf. Sie war so gut gelaunt wie lange nicht mehr. Beim Abendessen hatte sie mit Philipp ganz alleine am Tisch gesessen. Nun brannte sein Gute-Nacht-Kuss immer noch auf ihren Lippen, und die Haut auf ihren Schultern kribbelte dort, wo seine Hände sie berührt hatten.

Sie hatte gar nicht die Absicht gehabt, ausgerechnet mit ihm einen Flirt anzufangen. Aber an diesem Abend hatten sein Charme, seine schönen Augen und seine behutsame Zärtlichkeit sie einfach überwältigt. Und es tat ihr gut, einmal wieder mit einem Mann zu flirten, der außerdem auch noch ziemlich gut aussah. Wie diese Sache sich weiterentwickeln würde, fand sie gar nicht so wichtig. Für sie zählte nur der Moment. Und der war wunderschön.

Vor ihrem Zimmer angekommen kramte sie in den Taschen ihres Sweatshirts nach ihrem Schlüssel. Aber sie konnte ihn nicht finden. Hatte sie ihn möglicherweise während ihres Spaziergangs verloren? Nachdenklich rieb sie sich das Kinn.

Wahrscheinlich hatte sie den Schlüssel beim Abendessen auf den Tisch gelegt und einfach dort liegen lassen. Also musste sie zurück zum Klosterwirt und konnte nur hoffen, dass sie dort noch jemanden von den Angestellten antreffen würde.

Eilig ging sie über den spärlich erleuchteten Klosterhof, unter dem dunklen Durchgang der Pforte hindurch und den Weg zum Gasthaus hinunter.

Sie hatte Glück: Eine Servicekraft war noch da, als sie anklopfte, und schloss ihr die Eingangstür auf. Aber der Tisch, an dem sie gesessen hatte, war leer, und die Kellnerin war sich ganz sicher, dass niemand einen Schlüssel beim Personal abgegeben hatte.

»Ich könnte den Portier des Gästetrakts anrufen, damit Sie Ersatz bekommen«, schlug sie vor.

»Ja, das wäre wohl das Beste«, meinte Regina. »Vielen Dank, das ist sehr nett von Ihnen.«

Doch während die Frau ihr Handy aus der Tasche zog, fiel Regina etwas ein: Als sie nach dem Abendspaziergang Hand in Hand mit Philipp über die Schwelle des Klosterwirts gegangen war, hatte sie ein leises Klirren gehört. Sie hatte dem keine große Beachtung geschenkt, aber jetzt …

»Einen Moment bitte«, sagte sie zu der Kellnerin, die gerade die Nummer des Portiers eingab. »Haben Sie vielleicht noch fünf Minuten Zeit? Ich habe eine Idee, wo der Schüssel sein könnte.«

»Kein Problem«, sagte die Kellnerin. »Ich muss sowieso noch die Spülmaschine ausräumen.«

Schnell trat Regina vor die Tür und begann in dem Licht, das aus der Gaststube nach draußen fiel, nach dem Schlüssel zu suchen.

Während sie in gebückter Haltung ganz langsam Meter um Meter vor dem Eingang absuchte, bemerkte sie, dass vom Wasser her wieder Nebelschwaden über den Weg zogen. Sie seufzte, denn das machte ihr die Suche mit Sicherheit nicht leichter. Doch schon wenige Schritte später stieß sie ein erfreutes »Na also!« aus. Dort lag der Schlüssel, nur eine Handbreit von ihrem rechten Fuß entfernt.

Erleichtert hob sie ihn auf. Da kam auch schon die Kellnerin heraus, die sich gerade ihren Mantel überzog. Lächelnd machte Regina das Daumen-hoch-Zeichen und winkte ihr zu. Dann drehte sie sich um – und erstarrte. Unter der hohen Linde vor dem Gasthaus, fast verborgen im ziehenden Nebel, stand jemand.

Eine hagere, gebeugte Gestalt.

Noch ehe sie einen klaren Gedanken fassen konnte, war sie schon losgerannt, und nun stürmte sie den Weg zum Kloster hinauf und quer über den Hof. Erst, als sie die Tür des Gästetrakts fast erreicht hatte, wurde sie langsamer. Mit zitternden Fingern öffnete sie die Tür und schlüpfte in den Flur. Dann lehnte sie sich mit wild klopfendem Herzen an die Wand und versuchte, wieder einen klaren Kopf zu bekommen.

»Das kann nicht sein. Das ist einfach nicht möglich«, murmelte sie nach ein paar keuchenden Atemzügen.

Anton Grubner war tot. Darum konnte er nicht unter der Linde gestanden haben. Also hatte sie sich das mit Sicherheit nur eingebildet, weil ihr Kopf noch voll war von alledem, was sie an diesem Tag über ihn gehört hatte. Und der Nebel hatte alles noch verstärkt.

Mit weichen Knien machte sie sich auf den Weg zu ihrem Zimmer.

Wenige Minuten später lag sie in ihrem warmen Bett. Es war fast halb zwölf, und sie war todmüde. Trotzdem fragte sie sich, ob sie überhaupt einschlafen konnte, denn der Schrecken saß immer noch tief. Dabei hatte es dafür doch gar keinen realen Grund gegeben.

Doch sie beruhigte sich schneller als gedacht. Schon bald schob sich Philipps Gesicht über das Bild der gekrümmten Silhouette im Nebel. Als sie kurz darauf einschlief, sah sie vor ihrem inneren Auge nur noch sein umwerfendes Lächeln.

*

Die Sonne stand hoch an einem wolkenlosen Himmel und schickte sengende Strahlen auf Regina herab. Es hatte wohl in den vergangenen Wochen nicht allzu oft geregnet, denn der Feldweg unter ihren Füßen war steinhart, und das Gras an seinen Rändern sah gelb und vertrocknet aus.

Aus nicht allzu großer Entfernung erklang Lärm: Hammerschläge, menschliche Stimmen, der Schrei eines Esels. Interessiert sah sie sich um … und machte große Augen.

Da war eine Baustelle. Ein rechteckiges Gebäude mit schon relativ hoch gezogenen Mauern. Aber zu Reginas grenzenlosem Erstaunen arbeiteten die Leute nicht mit Maschinen, sondern mit bloßen Händen. Mit Schaufeln hoben sie Fundamente aus, rührten mit langen Stöcken in großen Holzbottichen Mörtel an, schleppten volle

Säcke auf ihren Rücken oder zogen über Winden Holz-
gefäße voll dicker, grob behauener Steine auf Baugerüste
hoch. Und das schwer beladene Tier, das gerade auf sie
zugeführt wurde, war wirklich und wahrhaftig ein Esel.
Der Mann, der ihn am Zügel hielt, trug einen dieser
fremdartigen, knielangen Kittel, die sie nur allzu gut aus
ihrer Vision kannte.

Bin ich etwa wieder dort?, fragte sie sich, und ihr Herz
begann Alarm zu schlagen.

Tatsächlich waren alle Leute so eigenartig gekleidet wie
in ihrem erschreckenden Traum. Und sie schien immer
noch auf der Fraueninsel zu sein, denn hügelabwärts
lag eine große Wasserfläche, und dahinter konnte sie
die schneebedeckten Gipfel der Chiemgauer Alpen ausmachen. Aber die Torhalle war nicht da. Und sie konnte
schon jetzt erkennen, dass das Gebäude vor ihr keinen
breiten Durchgang haben würde.

Ratlos stand sie da und hatte nicht die geringste Ahnung,
was sie denken, geschweige denn, was sie tun sollte. Da
bemerkte sie eine alte Frau, die den Hügel heraufgehumpelt
kam. »Schnell, tretet zur Seite! Der Herzog und die Herzogin sind auf dem Weg hierher!«, rief sie.

Reginas Kopf war immer noch nicht ganz klar, aber sie
tat beinahe instinktiv, was die anderen Leute machten. Bald
stand sie wartend zwischen ihnen am Rande des Weges und
sah nach rechts.

Die Gruppe, die nun auf der Kuppe des Hügels erschien,
war wirklich beeindruckend. Zuerst sah sie nur etwa zehn
Soldaten, die mit Speeren und Schwertern bewaffnet
waren, und einige Frauen in langen Kleidern, die ihnen
folgten. Dann blieben ihre Augen an dem Paar hängen,
das ihnen folgte.

Die Frau schien ungefähr in ihrem Alter zu sein. Sie trug ein schimmerndes, dunkelgrünes langes Kleid. Eine runde, mit roten Edelsteinen besetzte Brosche über ihrer linken Brust glänzte im Sonnenlicht, und ihr blondes, von einem feinen Schleier bedecktes Haar war zu einem hüftlangen Zopf geflochten.

Das musste die Herzogin sein, von der die alte Frau gesprochen hatte. Wie schön sie war, und wie würdevoll sie wirkte. Die schlanke Figur, ihre aufrechte Haltung, die großen, blauen Augen ...

Regina zweifelte keinen Moment daran, dass der Mann neben ihr mit ihr verheiratet war. Gerade warfen die beiden sich nämlich einen durch und durch liebevollen Blick zu. Stolz auf den anderen schwang darin mit und ein tiefes, unerschütterliches Vertrauen.

Ihr Ehemann hatte knapp schulterlange, schwarze Haare und dunkelblaue Augen. Mit seiner knielangen, braunen Tunika und den knöchelhohen Stiefeln war er genauso einfach gekleidet wie die Soldaten, die ihn umgaben. Aber das Schwert, das an einem Gürtel an seiner Hüfte hing, hatte einen goldglänzenden Griff und steckte in einer mit Silber beschlagenen Scheide. Er wirkte kraftvoll und trainiert wie ein erfahrener Krieger. Seine Hände wussten mit Sicherheit, wie sie mit einer Waffe umgehen mussten.

Als die beiden an ihr vorbeigingen, konnte Regina nicht anders, als sich genau wie die anderen Menschen tief zu verbeugen. Dabei fiel ihr Blick auf den linken Arm des Fürsten, und sie erkannte, dass ihm der kleine Finger fehlte. Quer über seinen Handrücken zog sich eine silbrige Narbe.

Ob das Herzog Tassilo war? Er war schließlich der Gründer des Klosters Frauenwörth, und das befand sich offensichtlich gerade im Bau ...

Ja, er musste es sein.

Neugierig schloss sie sich den vielen Leuten an, die hinter der Gruppe hergingen. Dennoch sammelten sich am Wegrand immer noch mehr Zuschauer. Respektvoll sahen sie zu der schönen Frau und ihrem Begleiter auf. Aber es lag keine Angst in den vielen Gesichtern, trotz der waffenstarrenden Soldaten, die das Paar beschützten.

Da erklang wütendes Gebell. Ein fauchendes, knurrendes Knäuel schoss zwischen den Beinen der Bewaffneten hindurch, es gab einen Tumult. Schwerter blitzten, jemand brüllte einen saftigen Fluch.

Dann erst konnte Regina den Herzog wieder sehen. Er richtete sich auf, und dabei hielt er ein zappelndes Tier in seiner rechten Hand. Erst auf den zweiten Blick wurde ihr klar, dass er einen kleinen Hund am Nackenfell gepackt hatte.

Mit zornig blitzenden Augen fuhr die Hand eines Soldaten an den Griff seines Schwertes. Doch sein Herr gab ihm ein beschwichtigendes Zeichen, und er hielt inne.

Mit mühsam unterdrücktem Lächeln hob der Herzog den sich windenden Hund hoch und fragte: »Wem gehört diese … Bestie?«

Für ein paar Atemzüge war es still. Dann trat ein Mann aus der Menschenmenge. Sein einfacher Kittel war mit Dreck und Mörtel beschmiert, und er schob einen blassen, etwa zehnjährigen, ebenfalls schmutzigen Jungen vor sich her.

»Fenrir ist unser Hund, edler Fürst«, erklärte er mit rauer Stimme. »Bitte verzeiht. Offenbar hat er eine Katze gesehen und sich von dem Seil losgerissen, an dem er festgebunden war.«

Der in der Luft baumelnde Hund fiepte herzzerreißend. Aber der Herzog hielt ihn unerbittlich fest.

»Bitte tut ihm nichts, edler Herr«, flehte der Junge. »Er ist doch erst ein paar Monate alt. Und eigentlich ist er ganz lieb. Aber er hat einfach noch nicht gelernt …«

Mit einer strengen Handbewegung unterbrach ihn sein Vater. »Hat er Euch verletzt, mein Fürst?«

Der Herzog schüttelte den Kopf. »Nein, nein. Meine Stiefel bestehen aus dickem Leder.« Dann drehte er sich zu seinen Männern um. »Hat jemand von euch einen festen Strick?«

»Ich, Herr«, sagte einer der Leibwächter. Er kramte in der Tasche, die an seinem Gürtel hing, und zog ein langes Seil hervor.

»Dann binde ihn dem Hund um den Hals«, befahl sein Anführer. »Aber sei vorsichtig! Er hat scharfe Zähne.« Und er hielt ihm das jaulende Tier vor die Nase.

Der Mann tat wie geheißen.

Er will das arme Kerlchen doch nicht etwa strangulieren lassen, fragte sich Regina erschrocken.

Der Junge dachte offenbar dasselbe, denn er wurde noch bleicher und schlug die Hände vors Gesicht.

Doch nun wandte der Fürst sich ihm zu, zog ihn ein wenig näher an sich heran und legte ihm den vom Zappeln erschöpften Hund in den Arm. »Da hast du ihn. Der neue Strick dürfte selbst bei diesem kleinen Untier eine Weile halten. Aber pass' gut auf ihn auf! Mit ein wenig Erziehung könnte er nämlich der beste Hofwächter werden, den ihr jemals gehabt habt.«

»Da-da-danke, Herr«, stotterte der Junge verblüfft.

»Viel Glück!«, sagte der Herzog und zwinkerte ihm zu. Dann drehte er sich um, bot seiner Frau den Arm und ging mit ihr weiter.

Durch die Menge ging ein erleichtertes Raunen.

Als auch die Leute um Regina sich wieder in Bewegung setzten, schaute sie noch einmal zurück. Der Junge hielt seinen Hund ganz fest und drückte strahlend sein Gesicht in dessen weiches Fell.

Dann betraten sie das halb fertige Gebäude, und die Menschen vor ihr blieben stehen, weil auch der Fürst und seine Frau anhielten. Unwillkürlich wurde Regina durch die hinter ihr Stehenden ein Stück nach vorne geschoben und landete in der Nähe der Soldaten. Aber das war ihr ganz recht, denn von hier aus konnte sie den Herzog und seine schöne Frau viel besser sehen.

Ach, was würde ich darum geben, die beiden näher kennenlernen zu können!, dachte sie. Doch das würden ihre Leibwächter mit Sicherheit nicht zulassen.

Interessiert schaute sie sich um. Nun erst wurde ihr klar, dass die hintere, kurze Seite des Gebäudes eine Ausbuchtung hatte. Diese war von innen fast ganz von Gerüsten bedeckt. Dennoch erkannte Regina, dass sie eine perfekt halbrunde Form besaß.

Das hier sollte bestimmt das Münster werden, schlussfolgerte sie.

Tobias hatte ihr ja erklärt, dass man im frühen Mittelalter bei einer Klostergründung immer zuerst die Kirche gebaut hatte.

Doch sie konnte nicht lange darüber nachdenken, denn gerade flüsterte ein Krieger, der direkt vor ihr stand, seinem Nachbarn zu: »Puh! Als der Hund vor die Füße des Herzogs gerannt ist, habe ich im ersten Moment gedacht, sein vom Teufel gerittener Vetter hätte wieder einen Anschlag auf ihn verüben wollen.«

»Genau das habe ich auch geglaubt«, erklärte sein Kamerad, ein Mann um die vierzig mit rötlichen, von grauen

Strähnen durchzogenen Haaren. »Karl, dieser verdammte Sohn eines Thronräubers, der die Unverschämtheit besitzt, sich König der Franken zu nennen, gibt nun ja schon recht lange Ruhe. Man könnte fast meinen, er habe es aufgegeben, unserem Herrn nach dem Leben zu trachten.«

Doch sein Nachbar schüttelte den Kopf. »Ich fürchte, ein erneutes Attentat wird nicht mehr lange auf sich warten lassen.«

Der Rothaarige seufzte. »Ja, das vermute ich auch. Aber was immer dieser Karl auch versuchen mag: So lange ich lebe, wird er damit keinen Erfolg haben. Das schwöre ich, so wahr ich Gerfried, der Sohn des Gero bin.«

Auf der Baustelle war es still geworden. Die Arbeiter hielten inne und sahen ihren Fürsten erwartungsvoll an. Als er nun weiterging und auf sie zukam, sanken sie wie auf einen unhörbaren Befehl fast gleichzeitig auf die Knie und senkten ihre Köpfe.

Die Herzogin und er begrüßten sie mit freundlichem Nicken. »Steht nur auf, Leute«, forderte der Fürst sie auf.

Da trat ein graubärtiger Mann auf ihn zu.

»Sei gegrüßt, Baumeister Arichis«, sagte der Herzog. »Wie ich sehe, kommt Ihr gut vorwärts. Das freut mich.«

»Allerdings«, bestätigte der. »Das verdanke ich auch meinen Arbeitern. Die Leute hier am Chiemsee sind sehr fleißig.«

»Ja«, erklärte die Fürstin und sah sich noch einmal um. »Das sehe ich deutlich.«

Die beiden gingen ein paar Schritte weiter zu einem großen, massiven Marmorblock, der direkt vor den vielen Gerüsten an der halbrunden Mauer der Apsis lag.

Die Menge folgte ihnen. Als sie wieder anhielten, wurde Regina noch weiter nach vorne geschoben. Nun stand sie so dicht bei den Soldaten wie niemand sonst.

Warum schicken sie mich nicht fort?, fragte sie sich und versuchte, zurück in die Reihe der anderen zu treten. Aber so sehr sie auch drängelte, es machte ihr niemand Platz.

Verwirrt betrachtete sie zuerst die Leute hinter sich, die aus unerfindlichen Gründen beschlossen hatten, sie nicht zu beachten. Dann musterte sie die Bewaffneten, die einen schützenden Halbkreis um das Herzogpaar gebildet hatten. Sie war dem Fürsten und seiner Frau so nahegekommen, dass sie deren Schultern hätte berühren können, wenn sie nur genug Courage gehabt hätte, den Arm auszustrecken.

Auch die Leibwächter taten so, als wäre sie gar nicht da. Das darf doch wohl nicht wahr sein!, dachte sie. Nahmen diese Menschen sie wirklich nicht wahr?

Sie überlegte noch einen Moment, dann nahm sie all ihren Mut zusammen und zwickte den rothaarigen Gero, der rechts vor ihr stand, mit ihren langen Fingernägeln kräftig in den Unterarm.

Er nahm kein Auge von seinem Herzog, der nach wie vor den Marmorblock inspizierte, aber er schlug mit seiner derben Pranke nach ihrer Hand, als wäre sie ein lästiges Insekt.

Wie ist das möglich?, fragte sie sich entsetzt und kniff ihn gleich noch einmal.

»Bei Gott, diese Mücke hat's aber auf mich abgesehen!«, knurrte der und schlug sich auf den Arm. Dann trat er noch ein wenig näher an seinen Herrn heran.

Er hat mich tatsächlich nicht gesehen!, registrierte Regina bestürzt.

Ihr brach der Schweiß aus, und benommen lehnte sie sich gegen einen Haufen Steine.

Sie brauchte ein paar Atemzüge, bis sie wieder richtig wahrnahm, was um sie herum geschah. Dann sah sie, dass der Baumeister Arichis und ein zweiter Mann neben die Herzogin getreten waren.

»Dieser Marmorstein ist wirklich passend«, stellte der Fürst fest.

»Ihn zu betrachten ist ein eigenartiges Gefühl. Denn eines Tages wirst du darin begraben sein«, gestand seine Frau bedrückt.

Er nahm ihre Hand und antwortete mit gedämpfter Stimme: »Früher oder später werden wir gemeinsam in dieser Kirche liegen. Und wir werden gemeinsam auferstehen.«

Sie lehnte den Kopf an seine Schulter.

Er warf ihr einen zärtlichen Blick zu. Dann sah er den Mann an, der mit einem Meißel in der Hand neben Arichis wartete. »Steinmetz Grimoald, ich gebe dir den Auftrag, diesen Block auszuhöhlen. Danach färbe ihn von innen mit Purpur.«

Dem Mann klappte die Kinnlade herunter. Mit großen Augen starrte er seinen Fürsten an.

Weil ihm offenbar die Stimme weggeblieben war, schaltete sich der Baumeister ein. »Wollt Ihr wirklich die Farbe wählen, die dem König vorbehalten ist, Herr? Bedenkt, was für eine Provokation das wäre!«

Die Stimme der Fürstin vibrierte vor Zorn, als sie antwortete: »Eine Provokation nennst du das? Weißt du etwa nicht, dass die Vorfahren meines Ehemannes, die Agilolfinger, schon vor fast 200 Jahren als Könige über die Bayern herrschten? Und daran hat sich nichts geändert, ganz gleich, was sein Vetter Karl, dieser Usurpator auf dem fränkischen Thron, behaupten mag. Der ehrenwerte Tassilo ist der summus princeps, der höchste Herrscher in seinem Reich, er schuldet niemandem Rechenschaft. Ohnedies sind die Ahnen meines Mannes hundertmal vornehmer als die Vorfahren seines Vetters Karl, dessen Vater Pippin dem rechtmäßigen fränkischen König aus dem Stamme der Merowinger den Thron gestohlen hat. Wem also steht der königliche Purpur zu – diesem fränkischen Emporkömmling oder dem Herrscher der Bayern?«

Schweigend verbeugte sich Arichis. Der Steinmetz Grimoald tat es ihm nach.

Und sie hatte geglaubt, dass Tassilo ein Gefolgsmann Karls des Großen gewesen sei. Das Gegenteil war anscheinend der Fall, dämmerte es Regina.

Da zerriss mit einem lauten, ächzenden Knirschen das dicke Seil einer Winde, die sich direkt neben dem Herzogpaar befand, und ein Trog voller Steine sauste auf die beiden hinab.

Der Fürst packte seine Frau und wollte mit ihr zur Seite springen, doch zu spät. Die Steine polterten auf sie hinunter, eine Staubwolke hüllte sie ein. Regina konnte nichts mehr sehen, rang hustend und würgend nach Luft. Um sie herum brach Chaos aus, Menschen schrien und rannten, Kinder weinten …

Dann legte sich der Staub, und Regina konnte wieder atmen. Hektisch wischte sie sich über ihre tränenden Augen, tastete sich ein paar Schritte nach vorne … und ihr lief ein Schauer über den Rücken.

Vor ihr lag ein schmutzbedeckter Haufen aus Trümmern und leblosen Körpern. Arichis, Grimoald und einige Leibwächter räumten in panischer Hast die Steine zur Seite. Dann hoben sie einen menschlichen Körper hoch.

Es war Gero, der Leibwächter. Unnatürlich baumelte sein Kopf hin und her, seine Augen waren weit aufgerissen, und sein Mund stand offen. Das von Staub bedeckte Gesicht schien zu schreien und zu schreien, als könne er gar nicht mehr damit aufhören. Doch die Trümmer hatten ihm das Genick gebrochen.

»Jetzt hat er wirklich sein Leben für seinen Fürsten geopfert«, murmelte Regina betroffen.

Hoffentlich, hoffentlich war er wenigstens nicht vergeblich gestorben!

Da bewegte sich der dunkelhaarige Mann, über dem der Tote gelegen hatte. Er hob seinen Kopf, und trotz seines schmutzigen Gesichts hatte Regina keinen Zweifel, dass es Herzog Tassilo war.

Einer der Leibwächter beugte sich über ihn und fragte besorgt: »Könnt Ihr aufstehen, Herr?«

»Sorgt Euch nicht«, beruhigte ihn der Fürst mit rauer Stimme. Dann biss er die Zähne zusammen und setzte sich, von dem Soldaten gestützt, langsam auf. Er beugte sich über seine Frau, die er mit seinem Körper geschützt hatte und strich ihr vorsichtig das Haar aus dem Gesicht.

»Großer Gott, hab Dank!«, murmelte er. In seiner Stimme lag abgrundtiefe Erleichterung.

Da öffnete auch sie endlich die Augen.

»Wie geht es dir?«, fragte er sie.

Einen langen Moment schaute sie ihn an, dann antwortete sie leise: »Mir ist nichts passiert. Aber du ...« Behutsam berührte sie seine linke Hand.

Jetzt erst sah Regina, dass sein Unterarm merkwürdig verdreht war. Und seine Tunika hatte quer über der linken Schulter einen langen, blutigen Riss.

»Der Arm ist gebrochen. Aber alles andere ist nicht so schlimm, wie es aussieht«, beruhigte er sie. »Wir leben noch, das ist die Hauptsache. Und meine Verletzungen werden heilen.«

»Ja, der Himmel sei gepriesen«, murmelte die Fürstin und richtete sich auf.

Traurig sah Tassilo sie an. »Aber unser guter Gero ist tot. Er hat sich über uns geworfen, als die Steine herunterkamen und uns das Leben gerettet.«

Sie warf ihm einen erschrockenen Blick zu. Dann legte sie schweigend den Kopf an seine rechte Schulter.

Da erklang von dem Gerüst über ihnen die Stimme eines Leibwächters: »Herr, das Seil war angeschnitten.«

»Verdammt!« Zornig trat der Baumeister gegen den Marmorblock.

Der Herzog ballte seine gesunde Hand zu Faust und keuchte in ohnmächtiger Wut: »Mein geliebter Vetter Karl lässt grüßen.«

Was war das?

Regina wurde von einem Sog erfasst, stärker und immer stärker zerrte er an ihr und riss sie mit sich fort. Sie versuchte, sich an den Steinen festzuklammern, doch sie griff ins Leere. Und plötzlich hörte sie wieder die verzweifelte Frauenstimme, die drängend ihren Namen rief: »Regina! Regina!!!«

ERSCHRECKENDE ERKENNTNISSE

Zitternd lag sie in ihrem Bett. Ihr Herz schlug so heftig, dass sie einige Zeit brauchte, bis sie wieder klar denken konnte. Dann erst ging ihr auf, wo sie sich befand: im Gästetrakt des Klosters Frauenwörth.

Draußen war es dunkel und still.

»Alles ist gut«, sagte sie laut zu sich selbst. Das war wieder nur ein Traum gewesen. Wenn auch ein ziemlich dramatischer. Aber er hatte mit der Wirklichkeit nichts zu tun.

Dennoch: Die Stimme, die nach ihr gerufen hatte, klang immer noch in ihren Ohren. Und das von Zorn und Schmerzen verzerrte Gesicht des Fürsten und den toten Leibwächter Gero sah sie noch derart genau vor sich, dass sie ihren eigenen Worten nicht so recht glauben mochte.

Sie blieb eine Weile lang ruhig liegen und versuchte, auf andere Gedanken zu kommen. Ohne Erfolg. Dann sah sie auf die Uhr. Es war schon kurz nach sieben. Höchste Zeit für eine Dusche.

*

An diesem Tag schien wenigstens die Sonne. Den ganzen Morgen spielte sie auf den tiefblauen Wellen des Chiemsees und ließ die bunten Blätter an Bäumen und Sträuchern in allen Farben des Herbstes leuchten. Dennoch wollte ihre bedrückte Stimmung nicht weichen. Entgegen jeder Logik blieb das Gefühl, dass ihre Erlebnisse in der vergangenen Nacht Wirklichkeit gewesen waren, erdrückend stark. Nur die Nähe von Philipp, sein Charme und seine liebevolle Zärtlichkeit machten ihr den Vormittag ein wenig leichter. Sie verspürte den dringenden Wunsch, mit ihm über ihre merkwürdigen Träume zu reden, doch sie befürchtete, dass er dann an ihrem Verstand zweifeln würde. Da war es wohl besser, wenn sie versuchte, ihre grundlose Traurigkeit zu verbergen. Und irgendwann gelang ihr das sogar. Selbst die Meditation verlief ohne besondere Vorkommnisse.

Um die Mittagszeit machte sie sich auf den Weg, um Tobias Hofrichter zu treffen, und endlich hob sich ihre Laune wieder. Sie freute sich richtig darauf, ihn wiederzusehen, und sie war gespannt, was sie bei ihrem gemeinsamen Essen von ihm erfahren würde. Außerdem wollte sie ihn nach Tassilo III. fragen, denn sie musste unbedingt erfahren, ob der Herzog nun ein Gefolgsmann Karls des Großen oder dessen Todfeind gewesen war.

Wenn sich herausstellen würde, dass Tassilo ein treuer Untertan des fränkischen Königs gewesen war, dann hätte sie den endgültigen Beweis dafür, dass sie in der vergangenen Nacht wieder einmal nur wild geträumt hatte. Dann könnte sie endlich Ruhe finden und den Rest ihres Urlaubs und ihre Zeit mit Philipp genießen.

Lächelnd dachte sie daran, wie sie sich wenige Minuten zuvor von ihm verabschiedet hatte. Als sie ihm erzählt hatte, dass sie sich mit einem netten Archäologen treffen wollte, schien er tatsächlich ein bisschen eifersüchtig zu sein. Zwar hatte er sich die größte Mühe gegeben, so zu tun, als mache ihm das nichts aus, aber ganz hatte er doch nicht verbergen können, dass ihn das irgendwie beunruhigte. Als er ihr »viel Spaß« wünschte und auf sein Zimmer ging, hatte er ihr sogar ein bisschen leidgetan.

Sie hatte das Gasthaus Zur Linde schon fast erreicht und stellte erfreut fest, dass Tobias vor der Tür bereits auf sie wartete.

»Na, wieder zurück von der Reise zu den inneren Kontinenten?«, scherzte er.

»Ja, allerdings«, sagte sie lachend. »Hat echt gutgetan.«

Er hielt ihr die Eingangstüre auf, und sie setzten sich an denselben Tisch wie am Tag zuvor.

Kaum hatten sie sich niedergelassen, als auch schon der Kellner mit den Speisekarten erschien.

Überrascht sah Tobias ihn an. »Das ist ja der Uli! Wie geht's dir denn, alter Junge? Ich wusste gar nicht, dass du jetzt hier arbeitest.«

»Doch, doch«, versicherte der. »In meinem alten Beruf als Mechatroniker hat's mir einfach nicht mehr gefallen.«

Dann zwinkerte er Tobias zu. »Außerdem muss ich jetzt nicht mehr von der Insel weg, wenn ich zur Arbeit gehe.«

Lächelnd wandte Tobias sich Regina zu. »Das ist der Ulrich Dachshuber. Wir haben als Kinder oft zusammen gespielt. Und seine Mutter backt einen ganz wunderbaren Apfelkuchen.«

Uli grinste. »Was darf ich euch denn bringen?«

Tobias bestellte eine Cola und den Schweinebraten, Regina eine Apfelsaftschorle und eine Chiemsee-Renke.

Als Uli sie wieder verlassen hatte, meinte Tobias: »Eigentlich bist du aber hergekommen, um mehr über das Münster von Frauenwörth zu erfahren, oder?«

Reginas Herz schlug einen Trommelwirbel. »Ja klar. Aber am liebsten würde ich zuerst einmal mehr über die Geschichte des Klosters erfahren. Vor allem natürlich das, was nicht im Reiseführer steht. Zum Beispiel, wer eigentlich dieser Herzog Tassilo III. war. War er nun ein Gefolgsmann Karls des Großen oder …?«

Noch ehe sie ihre Frage ganz beendet hatte, wiegte Tobias bedächtig den Kopf.

»Einerseits – andererseits«, meinte er kryptisch. »Weißt du, Tassilo stammte aus der traditionsreichen Familie der Agilolfinger. Als er geboren wurde, herrschte seine Sippe schon seit mindestens zweihundert Jahren über das Volk der Bayern.«

Die Agilolfinger…

Regina lief es eiskalt den Rücken hinunter. Genau so hatte die Fürstin in ihrem Traum die Vorfahren ihres Mannes genannt! Aber bis dahin hatte sie von diesen noch nie etwas gehört.

»Aha«, brachte sie mit etwas Mühe heraus. »War Tassilo … also war er denn trotzdem ein Untergebener des Frankenkönigs?«

Tobias runzelte die Stirn. »So kann man das nicht sagen. Die beiden waren sich nämlich spinnefeind. Dabei waren sie Vettern, denn Tassilos Mutter Hiltrud war eine Schwester von Karls Vater Pippin.«

Vettern! Auch das noch! Als solchen hatte Herzog Tassilo König Karl in ihrem Traum doch ebenfalls bezeichnet!

Zum Glück bemerkte Tobias nicht, was gerade in ihr vorging, weil sein Freund Uli soeben ihre Bestellung brachte und ihnen einen guten Appetit wünschte. Als er gegangen war, trank Tobias einen großen Schluck von seiner Cola und erzählte weiter: »Tassilo III. war ein sehr mächtiger Mann, seine Stellung war eher die eines Königs als eines Herzogs. Und durch seine Heirat mit Prinzessin Liutberga war er mit Desiderius, dem König der Langobarden verbündet. Dessen Volk beherrschte damals große Teile Italiens.«

Prinzessin Liutberga!

Reginas Nackenhaare hatten sich aufgestellt, als Tobias ihren Namen nannte. Dennoch konstatierte sie mit einigermaßen ruhiger Stimme: »Dann war Tassilo dem großen Karl mit Sicherheit ein Dorn im Auge.«

»Darauf kannst du Gift nehmen«, stimmte Tobias ihr zu. »Alles wurde noch dadurch schlimmer, dass es zwischen Karl und dem Herzog der Bayern rechtliche Unsicherheiten gab. Denn Tassilos Familie war seit vielen Generationen sogar gegenüber den Herrschern der Franken weitgehend unabhängig gewesen. Die allerersten Agilolfinger waren zwar eindeutig nur Herzöge der Bayern gewesen, aber anno 591 hat der fränkische König Childebert II. den Agilolfinger Tassilo I. als König der Bayern eingesetzt. Und in der Zeit Karls des Großen war noch nicht einmal klar, ob Tassilo III. das fränkische Heer im Kriegsfall mit Truppen unterstützen musste.«

Fassungslos sah Regina zu, wie Tobias sich ein großes Stück von seinem Schweinebraten einverleibte. Sie dagegen hatte ihre gebratene Chiemsee-Renke immer noch nicht angerührt, denn die Worte der Herzogin aus ihrem Traum klingelten ihr in den Ohren: »Tassilo ist der höchste Herrscher in seinem Reich. Er schuldet niemandem Rechenschaft.«

Kauend sah Tobias aus dem Fenster, vor dem sich gerade zwei Amselmännchen balgten. Dann fuhr er fort: »Außerdem war Tassilos Familie erheblich vornehmer als Karls Ahnen. Die Karolinger waren nämlich lange Zeit nur die Hausmeier der fränkischen Herrscher gewesen. Das bedeutet: Sie waren ursprünglich nur die Oberaufseher über die Dienerschaft ihrer Könige. Doch nach und nach übernahmen sie quasi sämtliche Regierungsgeschäfte. Am Ende entschieden sie sogar ganz allein, was im Reich zu tun oder zu lassen war und führten die königlichen Heere in die Schlacht. Die gekrönten Herrscher aus der Dynastie der Merowinger waren mehr oder weniger nur noch Statisten. Am Ende hat Karls Vater Pippin den letzten Schritt getan: Er hat Childerich III., den letzten Merowinger-König, abgesetzt und sich selbst krönen lassen.«

»Karl, der Usurpator. Wem steht der Purpur zu?« Genau das hatte Regina geträumt, obwohl sie vorher nichts, aber auch gar nichts von alledem gewusst hatte!

Tobias schob sich eine Gabel Krautsalat in den Mund, dann fuhr er nachdenklich mit dem Zeigefinger über den Rand seines Glases. »Egal, wie man es dreht und wendet, es musste Konflikte zwischen Tassilo und dem neuen Herrscher der Franken geben. Dabei war Karl damals noch längst nicht auf dem Zenit seiner Macht angekommen. Er war auch noch kein Kaiser.«

Eine ganze Weile lang sah sie Tobias gebannt beim Essen zu. Dann raffte sie sich endlich dazu auf, wenigstens ein paar Gabeln von ihrem Fisch zu sich zu nehmen.

»Keinen Hunger?«, fragte Tobias sie.

»Nicht so richtig, nein. Das liegt wohl daran, dass ich heute Morgen sehr gut gefrühstückt habe«, flunkerte sie.

»Es gab Lachs, gekochte Eier und ziemlich leckere Croissants und …«

»Wow!«, unterbrach sie Tobias.«Hätte nicht gedacht, dass man als Gast des Klosters so verwöhnt wird.«

Regina zwang sich zu einem Lächeln. »Wie ist die Sache zwischen Tassilo und Karl dem Großen denn ausgegangen?«

Tobias trank den letzten Schluck seiner Cola. »Der mächtige Herzog der Bayern hat sich von der wachsenden Macht des Frankenkönigs nicht einschüchtern lassen.«

Regina zog die Augenbrauen hoch. »Dann war er aber ziemlich mutig.«

»Davon kannst du ausgehen«, meinte Tobias. »Allerdings sah es anfangs noch so aus, als würde Tassilo am längeren Hebel sitzen. Immerhin hatten seine Vorfahren die Stellung ihrer Familie bereits seit Generationen gefestigt, die Karolinger dagegen waren nur Emporkömmlinge. Das hat Tassilo stark und selbstbewusst gemacht. Sogar hier auf der Fraueninsel kann man das feststellen: Das Kloster Frauenwörth war so prachtvoll ausgestattet, dass es tatsächlich eines Königs würdig war. Aus Tassilos Zeit sind zum Beispiel Teile der Chorschranken erhalten geblieben, die damals den Altarraum von der übrigen Kirche abtrennten. Sie bestehen aus bestem Marmor und sind höchste Qualitätsarbeit.«

»Er hat also mächtig Geld in diese Insel investiert«, schlussfolgerte Regina.

»Das kann man wohl sagen«, bestätigte Tobias ihr. »Schau dir bei Gelegenheit mal die Michaelskapelle im oberen Geschoss der Torhalle an. Damals war dieser Raum noch ein Gerichtssaal. Und sein allererster Bodenbelag bestand aus einem kunstvollen Mosaik aus grünem und purpurrotem Porphyr, das ursprünglich eine römische Villa in Italien geschmückt hatte. Aber Purpur war damals eine Farbe von großer Symbolkraft; man durfte sie ausschließlich für Kaiser und Könige verwenden. Allein damit hat Tassilo eine eindeutige Botschaft an Karl gerichtet.«

Mit aufgerissenen Augen sah sie ihn an. »Purpur. Die Farbe, die dem König vorbehalten ist.« Das waren die Worte des Baumeisters Arichis gewesen!

»Ich gebe ja zu, dass Tassilos Verhalten aus heutiger Sicht ziemlich dreist erscheint«, sagte Tobias, der ihre Miene wohl ganz anders interpretierte. »Aber damals war noch lange nicht sicher, wer von den beiden sich in diesem Machtkampf durchsetzen würde.«

»Und wenn der Herzog der Bayern die Purpurfarbe wählte, bedeutete das: ›Ich bin der souveräne Herrscher in meinem Reich‹«, ergänzte Regina. »›Du, Karl, hast mir gar nichts zu sagen.‹«

»Ganz genau«, bestätigte Tobias ihr.

Sie war sich nicht sicher, ob sie noch lange stillsitzen konnte. Ihr ganzer Rücken war verspannt, und sie knetete wie verrückt ihre Serviette durch, um ihre innere Unruhe irgendwie zu bekämpfen. Als sie nach einem Blick auf ihre Uhr bemerkte, wie spät es schon war, empfand sie beinahe Erleichterung.

»Du, es tut mir herzlich leid! Es ist schon zehn vor zwei, und gestern wäre ich fast zu spät zur Meditation gekommen«, erklärte sie. »Darf ich mein Geld einfach hier liegenlassen, und du bezahlst für mich mit?«

»Kein Problem«, meinte Tobias. »Allerdings habe ich dir noch gar nichts Neues von meinen Forschungen erzählt. Aber ich werde mit Sicherheit noch ein paar Tage auf der Insel bleiben. Warte mal …« Schnell schrieb er ein paar Zahlen auf einen Bierdeckel. »Das ist meine Handynummer. Ruf' mich einfach an, wenn du Zeit und Lust hast, okay?«

»Das werde ich bestimmt machen«, erwiderte sie und legte einen Zwanzig-Euro-Schein auf den Tisch. »Der Rest ist Trinkgeld für deinen Kumpel Uli. Schade, aber jetzt muss ich mich echt sputen.«

»Kein Problem«, beruhigte er sie. »Wir sehen uns bestimmt wieder.«

»Ja, ganz sicher«, sagte sie, während sie den Bierdeckel mit seiner Handynummer in ihre Handtasche schob. »Mach's gut, Tobias. Bis bald!«

Er grinste wieder. »Fröhliches Meditieren!«

Sie lächelte zurück, drehte sich um und verließ eilig das Gasthaus. Inzwischen konnte sie es kaum noch erwarten, zurück ins Kloster zu kommen. Denn sie war immer noch völlig verwirrt von dem, was sie gerade von Tobias erfahren hatte, und sie musste unbedingt mit jemandem reden, ihre Erfahrungen und Gefühle in Worte fassen, sich Rat holen. Darum musste sie unbedingt mit Philipp sprechen. So schnell wie möglich.

*

»Die Dynastie der Agilolfinger. Herzog Tassilos königsähnlicher Anspruch. Purpur, die Königsfarbe. Und die Äußerung der Fürstin, dass Karl der Große ein Usurpator sei. Alles hat gestimmt, obwohl ich vorher absolut nichts davon gewusst habe«, beteuerte Regina aufgeregt. »Dann habe ich gestern Morgen ja auch noch diese Gestalt vor meinem Fenster gesehen, die dem Fischer Anton so ähnlich sah. Dabei war der zu dieser Zeit schon tot! Das ... das ist doch alles gar nicht möglich!«

Sie hatte Philipp erwischt, als er gerade auf dem Weg zum Seminarraum gewesen war. Er hatte sofort gemerkt, dass mit ihr etwas nicht stimmte und war gleich zu ihr herübergekommen. Besorgt hatte er sie gefragt, was denn los wäre.

Nun saßen sie auf den beiden Sesseln im Vorraum, und während sie ihm alles erzählt hatte, hatte er sie immer wieder mal besorgt, mal ungläubig und mal vollkommen verblüfft angesehen. Doch nun wirkte er wieder erstaunlich ruhig und gefasst.

»Ich kann verstehen, dass du Angst hast und total durcheinander bist«, erklärte er. »Aber das alles ist viel weniger mysteriös, als du denkst.«

»Ach ja?«, brauste sie auf. »Das musst du mir schon genauer erklären.«

Er nahm ihre Hand und drückte sie ein bisschen. »Ich denke, das Ganze ist vor allem eine unglückliche Abfolge von unterschiedlichen Ereignissen. Sieh mal: Schon bei deiner Ankunft bist du dem armen Anton begegnet. Dass dieser seltsame alte Mann mit seinem durchdringenden Blick dir zu denken gegeben hat, kann ich gut verstehen. Die Erinnerung an ihn hat zu deinem ersten Alptraum während der Meditation geführt. Dann …«

»Warte mal! Ich hab dir doch gerade gesagt, dass das keine normalen Träume gewesen sein können«, unterbrach sie ihn. »Weil vieles, was darin gesagt wurde, der Wahrheit entspricht. Und ich kann nur wiederholen: Vorher hatte ich überhaupt keine Ahnung davon.«

Philipp hob beschwichtigend die Hände. »Nun hör' mir doch erst mal zu. Wir wissen zum Beispiel überhaupt nicht, ob die Nonnen hier auf der Fraueninsel jemals überfallen und vergewaltigt wurden oder ob Karl der Große jemals auch nur einen einzigen Anschlag auf Herzog Tassilo verüben ließ. Und gestern waren wir uns schon darüber einig, dass das Kloster nicht so ausgesehen haben kann wie in deinem ersten Traum.«

Das stimmt, dachte sie. In ihrer Angst hatte sie das völlig vergessen.

»Fest steht allerdings, dass manches, was du in deinem Traum gehört oder erlebt hast, früher tatsächlich so gewesen ist«, fuhr er fort. »Aber dafür gibt es eine einfache Erklärung.«

»Und die wäre?«, frage Regina zweifelnd.

Seine dunklen Augen blitzten amüsiert. »Bitte hab ein bisschen Geduld. Ich gehe später darauf ein.«

»Meinetwegen«, brummte sie.

»Es ist doch klar, dass du gestern wegen deines ersten Traums erschüttert warst«, erklärte er. »Erst recht, weil er sich so ... wie hast du doch gleich gesagt? ... so wirklich angefühlt hat. Da ist es absolut kein Wunder, dass du in der letzten Nacht noch einmal von der Vergangenheit geträumt hast. Abgesehen davon war dein Unterbewusstsein mit Sicherheit immer noch total aufgewühlt, als du gestern Morgen wach geworden bist. Du glaubtest ja, beim Meditieren schlimme Szenen miterlebt zu haben. Dann hast du aus dem Fenster gesehen und den Eindruck gehabt, unten am Wegrand würde Anton Grubner stehen. Als du beim Frühstück erfahren hast, dass er da schon tot war, muss dir das endgültig den Boden unter den Füßen weggezogen haben.«

»Vermutlich«, seufzte sie und erinnerte sich daran, was in ihr vorgegangen war, als Tobias' Freund Josef im Gasthaus Zur Linde gesagt hatte, dass der alte Anton absolut unverwechselbar gewesen sei.

»Dennoch hat all das ganz natürliche Ursachen«, beteuerte Philipp. »Erstens hat jeder Mensch in der Phase zwischen Schlaf und Aufwachen eine gewisse Neigung, etwas wahrzunehmen, was in Wirklichkeit gar nicht da ist – oder, mit anderen Worten: Visionen zu entwickeln. Da dich der alte Anton am Tag zuvor so stark beschäftigt hat, ist es ja wohl kein Wunder, dass du gerade ihn zu sehen glaubtest. Tatsächlich lag das aber nur daran, dass dein Gehirn noch nicht ganz wach war und noch nicht richtig gearbeitet hat.«

Regina spürte, wie ein Teil ihrer Furcht von ihr abfiel. »Das leuchtet mir durchaus ein. Aber warum habe ich im Traum plötzlich Dinge gewusst, von denen ich überhaupt keine Ahnung hatte?«

Sein Mund zuckte amüsiert. »Aber du hast sie doch gewusst.«

»Ganz sicher nicht«, protestierte sie.

Philipp zog die Augenbrauen hoch. »Fest steht, dass du dich nicht bewusst daran erinnern kannst. In Wirklichkeit musst du früher aber doch einmal davon erfahren haben. Vielleicht hast du etwas darüber gehört oder gelesen, als du noch ein Kind warst, zum Beispiel in der Schule oder während einer Museumsführung. Unterbewusst war die Erinnerung daran immer noch in deinem Gehirn verankert, und in deinen Träumen hat sie sich wieder Bahn gebrochen.«

»Und so etwas gibt es wirklich?«, fragte sie ungläubig.

»Aber ja«, beteuerte er. »Das passiert einem zwar nicht alle Tage, aber es ist möglich. Unsere Psyche ist weitaus vielschichtiger, als wir denken.« Ermutigend zwinkerte er ihr zu. »Glaub einfach deinem Onkel Doc! Ich habe viel mit Menschen zu tun, die oft auch in seelischer Hinsicht in einem Ausnahmezustand sind. Darum habe ich mich wohlweislich auch ein bisschen in Psychologie schlau gemacht.«

Regina überflutete eine solche Welle der Erleichterung, dass sie ihm nicht sofort antworten konnte.

Es gab für alles eine völlig harmlose Erklärung. Sie war weder abgedreht, noch verrückt.

Was für ein Glück, war das Einzige, was sie denken konnte, während ihr die Tränen in die Augen stiegen.

Philipp stand auf, beugte sich über sie und nahm sie in den Arm.

»Du hast mich gerade gerettet. Weißt du das eigentlich?«, flüsterte sie und schmiegte sich dankbar an ihn.

*

Als sie an diesem Abend auf ihr Zimmer ging, fühlte sie sich bis in ihr tiefstes Inneres entspannt. Dabei hatte sie an diesem Nachmittag keine Sekunde lang meditiert. Aber sie wusste nun endlich, dass mit ihr alles Ordnung war, und das hatte offenbar eine ähnliche Wirkung auf sie.

Nach dem Abendessen hatte sie mit Philipp noch einen kleinen Spaziergang gemacht.

»Wenn dieser Dr. Steidl recht hat, ist diese Kirche wirklich sehr, sehr alt«, hatte Philipp laut überlegt, als sie das Münster von dem kleinen Friedhof aus betrachteten. »Bisher hieß es ja immer, die Torhalle von Frauenwörth sei das älteste Gebäude von ganz Bayern. Aber offenbar stimmt das gar nicht.«

Unwillkürlich hatte Regina wieder Herzog Tassilo und seine schöne Frau vor sich gesehen, wie sie im Chor des halbfertigen Münsters standen und den Marmorblock betrachteten, der einmal ihr Grabgelege werden sollte.

»Hast du eine Ahnung, wo Tassilo tatsächlich begraben liegt?«, hatte sie Philipp gefragt.

Er hatte kurz nachgedacht, bevor er ihr antwortete. »Nicht die geringste. Aber ich bin mir sicher, dass er nicht auf der Fraueninsel liegt. Das wüsste hier nämlich jeder. Übrigens beweist das einmal mehr, dass deine Träume mit der Wirklichkeit nichts zu tun haben.«

»Ja, Gott sei Dank«, hatte sie ihm geantwortet.

Nun war sie so müde, als hätte sie in der vergangenen Nacht kein Auge zugetan. Aber das war bestimmt nur eine Folge ihrer abgrundtiefen Erleichterung.

Sie putzte sich die Zähne und sank in ihr Bett.

Wenn sie am Nachmittag nicht mit Philipp gesprochen hätte, würde sie sich jetzt bestimmt vor dem Einschlafen fürchten. Aber nun kümmerte es sie nicht mehr, was sie in dieser Nacht wohl träumen würde. Denn egal was es sein würde, es gab eine völlig harmlose Erklärung dafür.

AM ABGRUND

Der Wind war kräftig, aber angenehm warm. Er wühlte in Reginas Haaren und blies das erste Herbstlaub von den Ästen. Sie stand am Ufer des Chiemsees und schaute auf die schneebedeckten Gipfel der Alpen, die in der Sonne leuchteten.

Auf dem Wasser sah sie ein großes, flaches Schiff aus Holz, das mit geblähten Segeln auf die Fraueninsel zuhielt.

Ich bin tatsächlich wieder dort!

Diesmal löste diese Erkenntnis keine Angst in ihr aus, eher schon Neugierde. Was würde sie diesmal wohl erleben?

»Mama, Papa, kommt schnell, sie sind bald da!«, rief eine Kinderstimme hinter ihr.

Sie drehte sich um und sah einen etwa siebenjährigen Jungen, der vor Aufregung von einem Bein auf das andere hüpfte. Drei andere Kinder hatten ihre hölzernen Spielzeuge fallen lassen und liefen zu ihm hinüber.

Hinter ihnen erhoben sich einige mit Schilf gedeckten Holzhäuser. Hühner und Gänse spazierten davor auf und ab, ein paar Schweine suhlten sich grunzend in einer Schlammpfütze, ein weiteres lag dösend in der Herbstsonne. Zwischen den Häusern erkannte sie Gärten, in denen Gemüse und Beerensträucher wuchsen, aber auch Verschläge, hinter denen Ziegen, Schafe und Kühe standen. Dazwischen jede Menge Bäume, die voller Obst hingen. An einem lehnte eine Leiter, auf der ein kräftiger Mann stand. Gerade ließ er einen Korb voller Äpfel an einem Seil zu einer Frau hinunter.

»Ich hab's doch gesehen, Alfred. Wir kommen ja schon«, beruhigte er den Jungen.

Immer mehr Menschen strömten in Reginas Richtung. Sie blieben an einer Stelle stehen, an der das Ufer eine natürliche Bucht bildete, und schauten mit erwartungsvollen Blicken auf das schnell näher kommende Boot. Dass all die Menschen sie keines Blickes würdigten, erstaunte sie inzwischen nicht mehr.

Am Bug des Schiffes konnte sie einen einzelnen Mann erkennen. Sie zweifelte nicht einen Moment lang daran, dass es Herzog Tassilo war. Seine schwarzen Haare wehten im Wind, und die Scheide des Schwertes an seiner linken Seite blitzte silbrig in der Sonne. Hinter ihm stand eine Gruppe von Bewaffneten, die Regina auf fünfzehn bis zwanzig Männer schätzte.

Aber wo war seine Frau?

Regina reckte sich, um besser sehen zu können, doch sie konnte Liutberga nirgendwo entdecken. Stattdessen beobachtete sie, wie zwei Kinder neben den Herzog traten. Das größere war ein etwa sieben oder acht Jahre alter Junge, der die gleichen schwarzen Haare hatte wie der Fürst. Überhaupt sah er ihm sehr ähnlich.

Das konnte nur Tassilos Sohn sein.

Das jüngere Kind war ein kleines Mädchen mit dicken Bäckchen und einem niedlichen kleinen Mund. Seine

Augen waren vor freudiger Erwartung aufgerissen, und die dunkelblonden Haare flatterten offen um sein Gesicht.

»Unser Fürst hat zwei hübsche Kinder«, stellte eine der Frauen am Ufer fest.

»Aber natürlich. Seine Frau ist ja auch sehr schön«, bestätigte ihre Nachbarin lächelnd.

Der kräftige Mann, der eben noch auf der Leiter gestanden hatte, trat zu ihnen. Er hielt einen Korb voller Äpfel im Arm und rief: »Wer möchte einen haben?«

Sofort umringte ihn eine Horde Kinder, an die er lachend die Früchte verteilte.

Keines der Kleinen ist mager oder sieht krank aus, registrierte Regina. Auch die Erwachsenen scheinen zufrieden zu sein. Offenbar geht es den Leuten auf dieser Insel wirklich gut.

Da nahm sie aus den Augenwinkeln eine Bewegung wahr. Neugierig wandte sie den Kopf und schaute Richtung Kloster.

Seit sie zum letzten Mal im Traum auf dieser Insel gewesen war, musste einige Zeit vergangen sein, denn die Torhalle war fertig, und das Kloster war von einer hohen Mauer umgeben. Dennoch war der Campanile auch diesmal nicht da. Immerhin konnte sie die Dächer der drei länglichen Wohngebäude sehen.

Nun schälten sich mehrere schwarz gekleidete Nonnen aus dem Schatten des Tordurchganges. Hinter ihnen erschien eine größere Anzahl Männer. Einige hielten noch Arbeitsgeräte in der Hand, die sie nun am Tor abstellten.

Die Gruppe kam über einen breiten Feldweg auf die am Ufer stehenden Menschen zu. An ihrer Spitze ging die würdevolle, mutige Nonne, die in Reginas erstem Traum versucht hatte, ihre Mitschwestern vor der brutalen Soldatenhorde zu beschützen. Ihr schwarzer Habit wehte im Wind.

Einige der Kinder rannten auf die Klosterschwestern zu. Diese blieben nun stehen. Manche beugten sich zu den Kleinen hinunter und strichen ihnen über die Haare. Eine nahm ein Mädchen auf den Arm. Dann gingen sie weiter, und dabei störte es sie offenbar nicht, dass die quirligen Kinder aufgeregt zwischen ihnen herumliefen. Als eine der Frauen aus Versehen mit einem Jungen zusammenstieß, lachte sie und gab ihm einen spielerischen Klaps aufs Hinterteil.

Bald waren sie an dem natürlichen Hafen angekommen. Nur wenige Schritte von Regina entfernt blieben sie stehen und erwarteten die Besucher.

Als das Schiff im seichten Wasser vor Anker gegangen war, warf der Herzog sich den unteren Teil seines langen Umhangs über den Arm und sprang über Bord. Bis zu den Knien landete er im spritzenden Wasser und watete an Land, um die Schwestern und ihre Mutter Oberin zu begrüßen.

Letztere trat ein paar Schritte vor. Über ihr Gesicht zog sich ein Lächeln, doch Regina stand nahe genug bei ihr, um zu erkennen, dass in ihren Augen ein ganz anderer Ausdruck lag. War es Mitgefühl? Oder gar Besorgnis?

Als Tassilo an Land trat, verstand Regina, warum die Frau ihn so anschaute: Seine schwarzen Haare waren von silbrigen Strähnen durchzogen, auf seiner Stirn und um den Mund hatten sich tiefe Falten gebildet, und unter seinen Augen lagen dunkle Schatten.

Etwas Schlimmes musste geschehen sein. Ob etwa die Herzogin …?

Regina war sich sicher, dass niemand sie sehen konnte. Darum trat sie noch näher an die Mutter Oberin heran.

Der Fürst hatte seine Untertanen nun fast erreicht. Sie knieten nieder und senkten ehrerbietig die Köpfe.

»Seid gegrüßt. Und bitte erhebt euch«, sagte er freundlich.

Während sie aufstanden, nickte er einigen Leuten zu, die er offenbar näher kannte. Dann ging er auf die Mutter Oberin zu.

Respektvoll beugte diese das Haupt. »Willkommen, edler Herzog«, sagte sie laut.

Tassilo lächelte. »Ich freue mich, Euch zu sehen, Schwester Bertrada. Geht es Euch und Euren Mitschwestern gut? Und den Familien hier auf der Insel?«

»Oh ja. Ich darf wohl sagen: Alles ist in Ordnung«, erwiderte sie. »Das Kloster wächst und gedeiht, im nächsten Frühjahr werden wieder vier Novizinnen bei uns eintreten. Gerade richten wir unsere Schreibstube ein, schon bald werden wir die Bücher kopieren, die Ihr uns aus dem Kloster Wessobrunn habt schicken lassen. Und die Maler haben bereits angefangen, den Gerichtssaal im Torhaus auszuschmücken. Sogar der Stukkateurmeister ist schon vor Ort. Diese Künstler leisten wunderbare Arbeit. Ihr werdet begeistert sein, mein Fürst.«

Stukkateure? Hatte es diesen Beruf zu der Zeit Herzog Tassilos tatsächlich schon gegeben?, fragte sich Regina.

Erstaunt musterte sie die Männer in den Arbeitskitteln, die in einer Gruppe links hinter den Nonnen standen und demütig die Köpfe senkten, als der Herzog ihnen einen interessierten Blick zuwarf.

Währenddessen trat die Mutter Oberin noch näher an ihren Fürsten heran und flüsterte: »Aber wie geht es Euch, Herr? Und Eurer Gemahlin?«

Tassilos Mund verzog sich zu einem traurigen Lächeln. »Sie ... nun, sie ist sehr tapfer. Und sie ist zuversichtlich, dass unsere Situation mit der Zeit wieder einfacher werden wird.«

Schwester Bertrada musterte ihn besorgt. »Das ist gut. Doch Ihr ...« Sie hielt inne und setzte schnell wieder ein Lächeln auf, denn zwei Männer der Leibwache hatten die beiden Kinder des Herzogs ans Ufer getragen, und sie liefen zu ihr hin.

»Seid gegrüßt, Mutter Oberin«, schnaufte das Mädchen, das als erste bei ihr ankam. »Ich soll Euch von unserer Mutter grüßen.«

»Willkommen, meine liebe Gotani.« Bertrada strich ihr über das Haar. »Und danke für die Nachricht. Bitte richte der Herzogin aus, dass ich täglich für sie bete.«

Warum betet sie?, fragte sich Regina. Wenn ich doch nur wüsste, was passiert ist!

Der Herzog, die Nonnen und die Handwerker machten sich auf den Weg zum Kloster. Regina dagegen mischte sich unter die einfachen Leute, um diese zu belauschen. Vielleicht würde sie auf diesem Wege herausfinden, was Tassilo und seiner Familie zugestoßen war.

Wie erwartet war sie nicht die Einzige, der sein veränderter Zustand aufgefallen war. Denn eine ältere Frau fragte den kräftigen Apfelpflücker: »Hast du gesehen, wie schlecht unser Fürst aussieht? War er vielleicht krank? Oder hat er schlimme Sorgen? Vielleicht hast du ja etwas gehört, als du letzte Woche in Salispurgo warst.«

Der Mann zuckte die Achseln. »Tut mir leid, ich habe nicht die geringste Ahnung. Aber du hast völlig recht. Es scheint ihm wirklich nicht gut zu gehen.«

Die Frau nickte heftig. »Ich frage mich auch, warum er Herzogin Liutberga nicht mitgebracht hat. Sie ist doch sonst immer an seiner Seite. Außerdem interessiert sie sich normalerweise sehr für das, was bei uns im Kloster vorgeht.«

»Natürlich«, bekräftigte er ihre Worte. »Sie ist schließlich dessen weltliche Vorsteherin.«

Die Frau seufzte. »Wir sollten die beiden in unsere Gebete einschließen. Mehr können wir im Moment wohl nicht für sie tun.«

»Genau das werden wir machen«, erklärte der Apfelpflücker. »Das sind wir unserem Fürsten einfach schuldig, denn er ist ein sehr guter Herr.«

Die Inselbewohner hatten also auch keine Ahnung, dachte Regina enttäuscht.

Aber vielleicht konnte sie mehr erfahren, wenn sie sich dessen Leibwache anschloss.

Als sie bei den Soldaten angekommen war, hatten der Fürst und sein Gefolge die Torhalle fast erreicht. Vor deren dicken Mauern häufte sich jede Menge Arbeitsmaterial, und zwei gesattelte Esel, die an langen Seilen an den Bäumen festgebunden waren, grasten friedlich vor sich hin.

»Ich bin gespannt, wie es drinnen aussieht«, sagte ein sehr junger blonder Soldat, der mit Sicherheit noch keine zwanzig Jahre alt war. »Es heißt ja, dass unser Herzog den Gerichtssaal im oberen Geschoss besonders prachtvoll ausstatten möchte.«

»Und ob er das will!«, bestätigte ein grauhaariger alter Kämpe neben ihm. »Ich war dabei, als er bei seinem letzten Besuch die Pläne mit den Bauleuten besprochen hat.«

Der junge Leibwächter atmete tief durch. »Damals ging es dem Herzog und seiner Familie noch gut. Um ehrlich zu sein: Ich bewundere unseren Herrn, weil er trotz dieser schlimmen Widrigkeiten seine aufrechte Haltung bewahrt und keinen seiner ehrgeizigen Pläne fallen lässt. Nicht einmal, was dieses einsam gelegene Kloster hier angeht.«

Der Grauhaarige nickte. »Wahrscheinlich liegt das daran, dass Frauenwörth ihm so viel bedeutet. Er betrachtet es als Stein gewordenes Symbol für die Unabhängigkeit seiner Herrschaft. Außerdem hofft er, dass er und seine Frau hier dereinst den Frieden finden werden, den König Karl ihnen im Leben verwehrt hat.«

Mit gerunzelter Stirn sah ihn der Jüngere an.

»Doch, doch, das ist so«, versicherte ihm der Ältere. »Ich habe gehört, wie er das beim Abschied zu seiner Frau gesagt hat.«

Sein junger Mitstreiter schüttelte bedauernd den Kopf. »Die Geschehnisse der letzten Wochen müssen ihn bis ins Mark getroffen haben.«

Traurig sah der Grauhaarige ihn an. »Sollten sie das etwa nicht? Ich möchte in diesen Tagen jedenfalls nicht mit ihm tauschen.« Dann wandte er seine Aufmerksamkeit wieder dem Herzog zu, der im Eingang der Torhalle stehen geblieben war.

Die einfachen Leute und auch die meisten Nonnen kehrten wieder an ihre Arbeit zurück. Regina dagegen stieg hinter dem Herzog, seinen beiden Kindern und den Leibwächtern, der Mutter Oberin und einigen Handwerkern eine gewundene Treppe hinauf ins Obergeschoss der Torhalle. Bald stand sie in einem rechteckigen Raum, der an seiner hinteren kurzen Wand eine Apsis mit einem halbrunden Fenster besaß.

Der Fürst sah sich um, und dabei huschte ein Lächeln über sein trauriges Gesicht. »Ihr leistet gute Arbeit, Männer. Wie wunderbar wird es hier erst aussehen, wenn auch noch das Fußboden-Mosaik aus der römischen Villa in diesem Raum verlegt sein wird. Und wie wird sich meine Frau freuen, wenn sie all das sieht. Dieser Raum ist wirklich ein passender Platz, um Gericht zu halten und die Gesandten aus aller Herren Länder zu empfangen.«

Nun schaute auch Regina sich um.

Tatsächlich hatte man schon fleißig gearbeitet: An den beiden Längsseiten waren Gerüste aufgebaut, auf denen Farbtöpfe standen. Die Maler hatten mit schwarzen Strichen zahlreiche Skizzen auf die Wände gemalt, aber sie konnte nicht so recht erkennen, was diese darstellen sollten.

Da zog die Stimme des Herzogs ihre Aufmerksamkeit wieder auf sich. »Nun gilt es, auch den symbolischen Thron Jesu Christi in der Apsis würdig zu gestalten. Denn wer immer hier als Gerichtsherr seines Amtes walten wird, kann nur hoffen, dass Gott ihm hilft, gerechte Urteile zu fällen.«

Begleitet von Schwester Bertrada und einem einzelnen Handwerker ging Tassilo in den kleinen, halbrunden Raum an der Ostseite des Gebäudes, und Regina folgte ihnen. Alle Übrigen begannen wieder zu arbeiten, und die Kinder des Herzogs schauten ihnen neugierig dabei zu.

Ihr Vater dagegen nahm eine Pergamentrolle in die Hand, die auf einem kleinen Tisch gelegen hatte. Er öffnete sie und warf einen langen Blick darauf.

»Genau so habe ich mir die Engel vorgestellt«, lobte er den Handwerker. »Ihr habt doch nicht vergessen, dass sie lebensgroß werden sollen, Meister Romuald?«

Der schüttelte den Kopf. »Nein, Herr, natürlich nicht. Was Ihr dort seht, sind ja nur meine Entwürfe. Ich werde sie viel größer und detailreicher auf die frische, feuchte Kalktünche der Wände übertragen. Danach erst möchte ich die Engel in Stuck modellieren.«

Dann ist er also wirklich ein Stukkateur, registrierte Regina verblüfft.

Der Herzog wollte noch etwas sagen, doch er wurde durch das fröhliche Kichern der kleinen Gotani unterbrochen.

Auch Regina schaute zu dem hübschen, kleinen Mädchen. Zusammen mit seinem Bruder stand es bei einem Maler, der auf ein Gerüst geklettert war und einen Pinsel in der Hand hielt. Der Mann hatte wohl einen Spaß gemacht, denn er grinste breit.

Mit durch und durch liebevollen Augen sah Tassilo seine Kinder an. »Betrachtet sie genau, Meister Romuald«, befahl er dem Stukkateur. »Und macht Euch Skizzen von ihnen. Denn ich möchte, dass die beiden Engel rechts und links neben dem Fenster der Apsis ihre Gesichtszüge tragen.«

Erstaunt sah der Meister seinen Herrn an. Dann lächelte er und verbeugte sich tief. »Wie Ihr wünscht. Das tue ich sehr gerne.«

Der Herzog nickte. »Aber beeilt Euch! Ich fürchte, uns bleibt nicht mehr viel Zeit.«

Über Romualds Gesicht huschte ein entsetzter Ausdruck wie eine dunkle Wolke, die einen Sturm ankündigt.

Plötzlich erklang von draußen die aufgeregte Stimme eines Mannes: »Bitte, mein Fürst, kommt schnell!«

Mit eiligen Schritten ging Tassilo zurück in den Hauptraum und kletterte auf ein Gerüst, sodass er aus einem der Fenster sehen konnte.

Regina folgte ihm und stellte sich auf die Zehenspitzen, um über seine Schulter zu schauen.

Draußen stand einer der Inselbewohner. »Zwei große Schiffe nähern sich der Fraueninsel, Herr!«, rief er. »Sie sind voller Menschen.«

Regina sah, dass eine junge Frau über die Kuppe des Hügels auf die Torhalle zugerannt kam. »Es sind alles … alles Männer … Soldaten, bis … bis an die Zähne bewaffnet«, schnaufte sie, als sie fast angekommen war. »Das können wir jetzt deutlich erkennen.«

Die Augen des Fürsten blitzten zornig. »Das müssen Karls Krieger sein. Wer sonst würde die Unverschämtheit besitzen, Bewaffnete in mein Land zu schicken?«

»Was wollen die von uns? Und warum kommen sie ausgerechnet hierher?«, fragte der junge, blonde Soldat, der mit den anderen Leibwächtern am Fuß des Gerüsts stand.

»Denk erst mal nach, bevor du redest, Junge!«, grollte sein grauhaariger Mitstreiter. »Diese Teufel haben uns mit voller Absicht gerade hier aufgelauert, weil unser Herr sich und die Seinen auf dieser Insel kaum in Sicherheit bringen kann. Und was sie hier wollen … Nun, ich habe nicht die geringste Ahnung. Aber sie werden's uns wohl gleich sagen.«

Während er gesprochen hatte, waren Tassilos Kinder zu ihrem Vater gelaufen. Verängstigt pressten sie sich an ihn. Er legte die Arme um ihre Schultern und redete leise auf sie ein. Dann hob er den Kopf. »Berthold, du nimmst Gotani und Theodo und bringst sie mit den Handwerkern zum Geheimversteck«, befahl er dem Grauhaarigen, bevor er sich dem jungen Soldaten und der Äbtissin zuwandte. »Mutter Oberin, Ingmar, versammelt die Nonnen und die anderen Inselbewohner und führt sie ebenfalls dorthin. Ihr Übrigen …«, er ließ den Blick über seine Leibwächter gleiten, »Ihr kommt mit mir zum Nordufer. Wir werden uns den Eindringlingen entgegenstellen. Wenn wir sie lange genug aufhalten, haben alle anderen genug Zeit, um sich in Sicherheit zu bringen.«

»Herr, ich bitte Euch: Auch ich will kämpfen«, wandte der blonde Krieger ein.

Doch Tassilo schüttelte den Kopf. »Nein, Ingmar, das willst du nicht. Mit Sicherheit.«

»Aber …«, begann der Junge.

»Du solltest tun, was unser Herr von dir erwartet«, riet ihm Berthold in beinahe freundlichem Ton. »Es sieht nämlich so aus, als wären Karls Männer weit in der Überzahl.«

Das Gesicht des Jungen verfärbte sich schlagartig dunkelrot. Er verbeugte sich tief und marschierte eilig zur Treppe.

Berthold dagegen stieg auf das Gerüst. Er wollte die Kinder des Herzogs an den Händen nehmen, doch diese klammerten sich weinend an Tassilo fest.

»Ich will bei Vater bleiben!«, schluchzte die kleine Gotani und presste ihr Gesicht an seine Hüfte.

Regina stand immer noch dicht neben dem Fürsten, und sie konnte in seinen Augen sehen, wie tief ihn die Verzweiflung seiner Kinder traf.

»Geht mit Berthold«, sagte er dennoch bestimmt. »Und habt keine Angst: Wir werden uns wiedersehen. Bald!«

Dein Wort in Gottes Ohr, dachte Regina betroffen.

Seine Worte verfehlten ihre Wirkung nicht. Denn als Berthold vorsichtig seine Hand auf die Schulter des kleinen Theodo legte, ließ der Junge seinen Vater widerstrebend los. Mit hängendem Kopf legte er sein Händchen in die Pranke des alten Leibwächters und sagte zu seiner jüngeren Schwester: »Komm, Gotani! Wir werden tun, was Vater von uns verlangt.«

Schniefend gehorchte das Mädchen.

»Gut macht ihr das«, lobte sie der alte Krieger. »Und nun kommt, wir müssen uns beeilen.«

Tassilo sah den dreien nach, und Regina ahnte, dass der Abschied ihm beinahe das Herz zerriss.

Als sie den Raum verlassen hatten, warf er seinen Männern einen vielsagenden Blick zu, legte die Hand auf sein Schwert und verließ an ihrer Spitze den Saal.

In einigem Abstand ging Regina hinter ihnen die steile Wendeltreppe hinunter und den Hügel hinab. Schon von Weitem konnte sie die beiden flachen Schiffe sehen, die die Insel nun fast erreicht hatten.

Als sie in der Bucht vor Anker gingen und die Bewaffneten auf ein Kommando ins Wasser sprangen, hatten die Männer des Herzogs den Strand erreicht. Mit gezogenen Schwertern nahmen sie Aufstellung.

Die Eindringlinge waren tatsächlich bei Weitem in der Übermacht, stellte Regina fest.

Beim Anblick der wenigen Leibwächter, die sich todesmutig um ihren Fürsten scharten, krampfte sich ihr Herz zusammen. Mit angehaltenem Atem sah sie zu, wie die vielen Fremden an Land wateten.

Bald konnte sie deren Anführer ausmachen. Er war breitschultrig und auffällig groß. Und er hatte einen langen, schwarzen Bart.

Vor Wut begann ihr Herz wie wild zu pochen. Denn sie hatte ihn erkannt: Es war der gewissenlose Kerl aus ihrem ersten Traum, jener Chrodegang, der seine Leute aufgefordert hatte, den Nonnen von Frauenwörth Gewalt anzutun.

Der Mann war am Ufer stehen geblieben. Breit grinsend, die muskelstarrenden Arme vor der Brust verschränkt, wartete er ab, bis seine Soldaten sich hinter ihm versammelt hatten. Er schien sich seiner Überlegenheit voll und ganz bewusst zu sein.

Voller Angst musterte Regina den Herzog.

Wie konnte er angesichts dieser Übermacht nur so ruhig bleiben, fragte sie sich und ballte ihre Hände zu Fäusten, damit sie nicht mehr zitterten.

Tassilos Hand lag wieder auf dem Griff seines Schwertes, doch seine Haltung und seine Miene zeigten keine Spur von Furcht. Langsam und nachdenklich ließ er seinen Blick zuerst über die Schar seiner Gegner schweifen, dann über seine eigenen Leute, und plötzlich verzog sich sein Mund zu einem beinahe amüsierten Lächeln.

Er hatte einen Plan, dachte Regina, und ihr Herz schlug noch schneller. Was mochte er wohl vorhaben?

Da sagte Tassilo mit lauter Stimme: »Ah, Chrodegang, Ihr seid es. Wie ich sehe, hat mein Vetter Karl den verkommensten seiner Bluthunde zu mir geschickt.«

»König Karl wollt Ihr wohl sagen«, verbesserte ihn sein Gegner.

»Ein König ist er auch«, erklärte Tassilo gelassen. »Aber sagt: Was wollt Ihr von mir?«

»Mein geschätzter Herr und König erwartet, dass Ihr ihm Euren Sohn und Thronfolger Theodo übergebt«, forderte Chrodegang. »Der Junge soll als Geisel an seinem Hof leben, damit Ihr keine gemeinen Ränke gegen ihn schmiedet.«

Tassilo wurde schlagartig kreideweiß. Für einen langen Moment war es vollkommen still am Ufer des Chiemsees.

»Diese Forderung habe ich abgelehnt, bevor ich Karl auf dem Lechfeld den Treueeid geschworen habe«, sagte er schließlich mit rauer Stimme. »Und mein Vetter hat sich öffentlich, vor seinem versammelten Adel, damit einverstanden erklärt. Außerdem habe ich ihm bereits zwölf meiner treuesten Männer als Geiseln gestellt.«

»Dann hat König Karl seine Meinung offenbar geändert«, erklärte sein Kontrahent ungerührt. »Also los, rückt Euren Sohn heraus! Wir wissen, dass er hier ist. Oder muss ich zuerst Eure sämtlichen Leibwächter und dann alle Bewohner dieser Insel massakrieren, bevor ich ihn in Gewahrsam nehmen kann?«

Mit verächtlicher Miene schüttelte der Herzog den Kopf. »Was seid Ihr doch für ein elender Feigling, Chrodegang! Habt Ihr es wirklich nötig, eine derart große Schar an Soldaten um Euch zu versammeln, bevor Ihr den Mut fasst, meine Leibwächter und mich zu stellen? Offenbar ist Euer Hirn nicht mehr als das Sammelbecken Eurer Furcht, ein armseliges Häufchen Elend.«

Jetzt war es Chrodegang, der blass wurde. Hinter seinem Rücken erhob sich erbostes Gemurmel.

Tassilo provozierte ihn vor seinen eigenen Leuten, erkannte Regina beeindruckt. Was um Himmels Willen bezweckte er damit?

Chrodegang watete einen Schritt auf ihn zu. »Wagt Euch nur nicht zu weit vor, Herzog, sonst muss ich Euch eine Lektion erteilen, die nur allzu leicht tödlich enden kann.«

Tassilo lachte schallend. »Ihr werdet es nicht wagen, mich zu erschlagen. Meinem Vetter Karl würde das gar nicht gefallen, fürchte ich, weil er dann vor aller Welt als der Auftraggeber von gesetzlosen Mördern dastünde, die so unverfroren waren, ohne Erlaubnis in mein Herzogtum einzudringen.«

»Er ist Euer König, verdammt nochmal!«, schnauzte sein Gegner.

»Ja, das ist er auch, aber das sagte ich schon«, antwortete der Herzog in einem beinahe gleichgültigen Tonfall. »Doch Ihr scheint zu bezweifeln, dass er mein Vetter ist. In diesem

Fall wäre er allerdings nicht der Sohn von König Pippin, der der Bruder meiner Mutter war. Und dann hätte er leider kein Recht, auf seinem Thron zu sitzen. Also wäre er auch kein König.«

Unter den Männern des Herzogs erhob sich leises Gelächter. Chrodegang wurde dunkelrot vor Wut und riss sein Schwert aus der Scheide.

Du meinen Güte!, dachte Regina entsetzt. Tassilo wollte sich offenbar für seine Familie und seine Untertanen opfern und sich mit diesem Bullen duellieren.

Der Herzog war zwar alles andere als klein, dennoch überragte ihn Chrodegang um mindestens einen Kopf, und seine Arme und seine Schultern waren dick mit Muskeln bepackt.

Dennoch redete Tassilo mit ihm, als spräche er mit einem kleinen Jungen. »Ich würde Euch wirklich nicht empfehlen, Euch mit mir einen Zweikampf zu liefern. Wo Ihr doch jetzt schon nasse Hosen habt …«

Erschrocken sah der Anführer an sich hinunter. Und tatsächlich: Seine Beinkleider waren bis zu den Hüften klatschnass vom Wasser des Chiemsees.

Nun waren die Männer des Herzogs nicht mehr zu halten: Sie bogen sich vor Lachen. Auch hinter Chrodegangs Rücken erklang leises Kichern.

Mit einem Wutschrei, der eines röhrenden Hirsches würdig gewesen wäre, stürzte sich Chrodegang auf den Herzog. Er ließ sein Schwert mit einer solchen Wucht auf den Gegner hinabsausen, als wolle er einen Baum fällen. Aber Tassilo sprang behende zur Seite. Knirschend landete die Klinge seines Gegners im Kies des Uferstreifens.

Erschrocken sah sich Chrodegang nach allen Seiten um – und Regina vernahm ein lautes Klatschen. Im nächsten

Moment begriff sie, dass Tassilo hinter seinem Gegner stand und ihm mit der flachen Klinge einen Schlag aufs Hinterteil versetzt hatte.

Wieder brachen seine Leibwächter in schallendes Gelächter aus.

Chrodegang fuhr herum und stieß ein wutentbranntes Knurren aus. Mit brennenden Augen starrte er Tassilo an, der ihn leicht geduckt, aber lächelnd erwartete.

Offenbar hatte Karls Anführer verstanden, dass er den Herzog weit unterschätzt hatte, denn diesmal kam sein Angriff erheblicher schneller. Die Kontrahenten bewegten sich nun mit einer derartigen Geschwindigkeit, dass Regina ihnen kaum folgen konnte. Chrodegang schien immer noch im Vorteil zu sein, denn er war nicht nur enorm stark, sondern hatte wegen seiner langen Arme auch eine deutlich größere Reichweite. Es gelang ihm, Tassilo am linken Arm und an den Rippen zu verwunden, doch die Verletzungen schienen den Herzog nicht zu beeinträchtigen, denn seine Bewegungen waren immer noch so geschickt und geschmeidig wie die einer Wildkatze. Immer wieder wich er seinem Gegner um Haaresbreite aus, dann startete er den nächsten, blitzschnellen Angriff. Ehe sein Gegner sich versah, hatte Tassilo ihm eine stark blutende Wunde an der Hüfte beigebracht, und bald erkannte Regina, dass Chrodegang langsamer und seine Schläge schwächer wurden. Sein Gesicht verriet, dass er über diesen Krieger, der schneller als ein Falke im Sturzflug war, in Verzweiflung geriet.

Dann änderte der Riese seine Taktik: Wieder griff er an, doch diesmal verlief sein Schlag horizontal, als wolle er den Herzog über dem Nabel in zwei Hälften teilen. Aber Tassilo sprang noch früh genug zurück; die Spitze der mörderischen Klinge ritzte ihn nur leicht an der Hüfte. Einen Wimpernschlag später landete der Herzog einen Hieb, der seinem Gegner zweifellos den Schädel gespalten hätte, wenn der nicht plötzlich vor Schwäche ins Wanken geraten wäre. So fügte er ihm nur eine tiefe Wunde am Oberarm zu.

Chrodegangs Blut spritzte auf den Herzog, und verwirrt schüttelte er den Kopf, als habe er tatsächlich gerade einen Schlag auf den Kopf bekommen. Wie eine morsche Eiche im Sturm schwankte er, dann fiel er auf die Knie und riss entsetzt die Augen auf, als er die Klinge von Tassilos Schwert an seiner Kehle spürte.

Welch archaischer, furchterregender Anblick: Der muskelstarrende, kniende Krieger, dem die Todesangst ins Gesicht geschrieben stand, und der über und über von Blut bedeckte Herzog, aus dessen Augen mörderische Wut sprühte.

»Wenn dir dein armseliges Leben lieb ist, schwöre!«, rief Tassilo so laut, dass ihn jeder auf dem Strand verstehen konnte. »Schwöre, dass du und deine Männer umgehend zu meinem Vetter Karl zurückkehren werdet! Schwöre, dass ihr auf eurem Rückweg nicht einmal dem geringsten meiner Untertanen ein Haar krümmen werdet! Und schwöre, dass du Karl folgende Botschaft von mir überbringen wirst: Der Herzog der Bayern, Euer Lehensmann und Vetter, hat den festen Willen, den Eid der Gefolgschaft zu halten, den er Euch auf dem Lechfeld geschworen hat. Doch ebenso ist es Eure Aufgabe und eine Frage Eurer Ehre als König, dass Ihr Euch an alle Pflichten haltet, die Ihr mit diesem Schwur auf Euch genommen habt. Denn Ihr wisst, dass ansonsten der Eid Eures Vetters vor den Menschen und vor Gott null und nichtig ist.«

Chrodegang brachte nur ein tonloses Keuchen heraus. Doch Tassilos Schwert zuckte leicht, und Blutstropfen flossen an seinem Hals hinab.

»Ich … schwöre«, krächzte Chrodegang.

Da ertönte ein panischer Schrei: »Vater!«

Der Herzog riss den Kopf hoch; Chrodegangs rechte Hand fuhr zu seinem Gürtel und zog einen langen Dolch heraus. Er warf sich nach vorn, um dem Herzog den Bauch aufzuschlitzen, doch der wich im allerletzten Moment zurück, und das Messer hinterließ eine klaffende Wunde in seinem linken Oberschenkel.

Obwohl das Blut in einem breiten Strom aus der Wunde quoll, wollte Tassilo auf seine kleine Tochter zulaufen, die nun über den Strand auf ihn zugerannt kam.

In ihrer Angst um den Vater musste Gotani ihren Aufpassern entwischt sein, registrierte Regina entsetzt. Und jetzt …

Bei seinem ersten Schritt ging Tassilo in die Knie. Und mehrere seiner Leibwächter versuchten vergeblich, die Kleine aufzuhalten, denn einer von Chrodegangs Soldaten war schneller. Er packte das schreiende Mädchen an den Haaren und legte ihm die Schwertklinge an den Hals.

Wenige Armlängen von seiner gefangenen Tochter entfernt kniete Tassilo am Strand. Seine Augen waren weit aufgerissen, und sein ganzes Gesicht schien in Fassungslosigkeit erstarrt zu sein. In rasender Geschwindigkeit breitete sich unter ihm eine Blutlache aus.

Mit quälender Langsamkeit kämpfte sich Chrodegang auf die Beine. »So, mein verehrter Herzog, nun bleibt Euch nichts anderes mehr übrig, als endlich zu tun, was unser Herr, Euer König, von Euch verlangt: Entweder Ihr liefert uns Euren Sohn und Thronerben Theodo als Geisel aus, oder Ihr müsst Eure geliebte Tochter als Leiche zu Eurer Frau zurückbringen.«

Tassilo senkte kurz den Kopf. Dann sah er zu seinen Leibwächtern hinüber. »Helmhold, Wulfric, geht zu Berthold. Holt Theodo und erklärt ihm, was nun seine Pflicht als Bruder und Thronfolger ist. Beeilt euch!«

Im Laufschritt lösten sich zwei Männer aus der Schar seiner Krieger und machten sich auf den Weg. Sie sahen nicht mehr, wie ihr Herr auf dem Strand zusammenbrach. Er zitterte am ganzen Körper – ob vom Blutverlust oder aus schierer Verzweiflung, wusste Regina nicht zu sagen.

»Regina! Regina!!!«

Da war sie wieder, die Stimme! Sie kam von weit her, doch sie wurde schnell lauter; ihre Trauer und Verzweiflung steigerten sich zu einem Sog, der Regina packte und so schnell mit sich riss, dass sie nicht reagieren, ja nicht einmal einen klaren Gedanken fassen konnte.

Und es wurde dunkel.

DAS GEHEIMNIS
DES ALTEN FISCHERS

Sie lag in ihrem Bett im Gästehaus des Klosters Frauenwörth. Aber das wurde ihr nur sehr langsam klar.

»Es war wieder nur eine Fantasiereise, gespickt mit fast vergessenen Erinnerungen«, sagte sie irgendwann laut zu sich selbst. Dann setzte sie sich auf und stützte das Gesicht in ihre Hände.

Niemals zuvor hatten Träume sie derart gepackt wie in den vergangenen Tagen. Es kam ihr so vor, als würde sie mit jedem Mal stärker in deren Bann gezogen. Und sie hatte das Gefühl, dass in dem, was sie dann erlebte, viel mehr Wahrheit lag, als verschüttete Informationen aus ihrer Kindheit enthüllen konnten.

Dieses Gefühl war überwältigend.

Ich darf mich davon nicht vereinnahmen lassen, sagte sie sich, schaltete das Licht ein und warf einen Blick auf ihr Smartphone.

Höchste Zeit, sich fertig zu machen. Also stand sie auf, langsam und vorsichtig, denn sie wollte sich nicht noch einmal am Fensterbrett festhalten müssen. Sie wusste ja nicht, was sie sich in ihrem aufgewühlten Zustand wieder einbilden würde.

Vom Fenster abgewandt tastete sie sich ins Bad.

In der Dusche stellte sie das Wasser ein bisschen kälter ein als sonst, um endlich richtig wach zu werden. Kühl und frisch lief es über ihr Gesicht – und weckte die Erinnerung an den Herbstwind in ihrem Traum und an das Schiff, das auf die Fraueninsel zugesegelt war.

»Ich fürchte, das wird heute nichts mit dem Meditieren«, seufzte sie, griff zu ihrem Duschbad und seifte sich so gründlich ein, als könne sie damit den Rest der bedrückenden Traumbilder wegwaschen.

*

Ihre Befürchtungen hatten sich voll und ganz erfüllt: Obwohl sie sich große Mühe gegeben hatte, hatte sie an diesem Morgen nicht entspannt meditieren können.

Vielleicht hätte sie beim Frühstück mit Philipp über diesen neuen Traum reden sollen. Aber sie hatte das Ganze nicht noch einmal aufwühlen wollen. Außerdem hatte sie Angst davor, Philipp mit ihren merkwürdigen Geschichten allmählich auf die Nerven zu gehen.

Im Übungsraum hatte sie mindestens hundertmal beim Ein- und Ausatmen bis zehn gezählt, dennoch hatte sie vor ihrem inneren Auge immer und immer wieder die schrecklichen Szenen aus ihrem Traum gesehen.

Was war damals wirklich geschehen?

Das musste sie unbedingt herausfinden. Darum wollte sie sich in der Mittagspause im Gasthaus Zur Linde verkriechen, Maggies Handy-Verbot missachten und so lange im Internet recherchieren, bis sie fündig werden würde. Bestimmt würde sie dann erkennen, dass die abenteuerlichen Erlebnisse in ihrem Traum absolut nichts mit der historischen Wirklichkeit zu tun hatten. Danach konnte sie endlich wieder zur Ruhe kommen, und vielleicht würden sogar diese verstörenden Träume aufhören.

Nachmittags wollte sie sich allerdings wieder mit ihren Kurskollegen treffen, zu einer geführten Besichtigung der karolingischen Torhalle. Und hoffentlich würde sie am nächsten Tag wieder genau das tun, wozu sie hergekommen war: meditieren.

Als sie wenige Minuten zuvor neben Philipp die Treppe hinuntergegangen war, hatte sie noch einmal darüber nachgedacht, ob sie ihn vielleicht doch noch einweihen sollte. Doch dann hatte er ihr erklärt, dass er sich um halb eins mit einem alten Freund zum Mittagessen treffen wolle, und sie hatte es gut sein lassen.

Nun beschloss sie, einen kleinen Umweg zu nehmen, um ein bisschen Luft zu schnappen. Also spazierte sie von der Klosterpforte aus den Hügel hinunter und ging am Klosterwirt vorbei, wo sich gerade die meisten ihrer Kurskollegen zum Essen versammelten.

Hier war sie zum ersten Mal dem einäugigen Anton begegnet, dachte sie mit einem Blick auf die hohe Linde auf der anderen Seite des schmalen Weges. Mit ihm hatte alles angefangen ...

Aber nein!, korrigierte sie sich. Der alte Mann hatte absolut nichts mit ihren Träumen zu tun.

Trotzdem stellte sie fest, dass sie so etwas wie Erleichterung empfand, weil Anton Grubner nicht mehr da war. Prompt bekam sie ein schlechtes Gewissen: Wie konnte sie nur über den Tod eines alten Mannes erleichtert sein, zumal er qualvoll ertrunken oder womöglich umgebracht worden war?

Sie ging am Klostergarten vorbei und bog links ab, um den Hügel wieder hinaufzusteigen. Dabei warf sie einen verstohlenen Blick über ihre Schulter, denn sie hatte plötzlich das ungute Gefühl, jemand ginge hinter ihr.

Aber da war nur der menschenleere Weg.

Sie zog den Reißverschluss ihrer Jacke höher. Wie kühl es doch hier am Seeufer war!

Jemand folgt mir.

Dieses beängstigende Gefühl wollte nicht vergehen. Obwohl sie sich immer wieder nach allen Seiten umschaute und niemanden sah, wurde es immer stärker. Wie eine giftige Schlange kroch Furcht in ihren Körper.

»Was willst du von mir?«, entfuhr es ihr, als sie erneut nach links ging, um das Gasthaus Zur Linde zu erreichen.

Und leise wie der kalte Wind, der in den abgestorbenen Blättern an den Sträuchern raschelte, glaubte sie eine flüsternde Stimme zu hören. Aber sie konnte sie nicht verstehen.

Die Angst wand sich züngelnd um ihr Herz und drückte zu.

»Das ist alles nur Einbildung«, wisperte sie, ballte ihre Hände zu Fäusten und ging schneller.

Als sie die Türe des Gasthauses öffnete, wurde sie von wohliger Wärme umfangen. Gedämpftes Murmeln drang aus der Stube. Leise klirrte Besteck. Jemand nieste heftig, und eine tiefe Männerstimme wünschte Gesundheit.

Warum habe ich mich gerade so verrückt gemacht?, fragte sie sich, während sie die Treppe hinaufstieg.

Der Tisch, an dem sie schon zweimal mit Tobias gesessen hatte, war noch frei. Sie zog ihren Anorak aus und ließ sich dort auf einen Stuhl sinken.

»Guten Tag, Frau Dernkamp! Kommt der Tobias auch noch?«, begrüßte sie der Kellner Ulrich.

»Hallo, Uli! Nein, diesmal bin ich alleine«, erklärte sie.

Ulrich nickte und reichte ihr die Karte. »Darf ich Ihnen schon etwas zu trinken bringen?«

Sie bestellte sich eine Johannisbeerschorle, und als der Kellner gegangen war, warf sie noch einen ausgedehnten Blick auf den See, der friedlich in der Herbstsonne glitzerte, bevor sie ihr Smartphone aus der Tasche ihres Hoodies zog und es einschaltete.

Während das Handy hochfuhr, betrat ein Mann die Gaststube. Sein schwarzer Anzug wirkte genauso edel und teuer wie seine feinen, dunklen Lederschuhe. Und die Uhr an seinem Handgelenk hatte mit Sicherheit ein kleines Vermögen gekostet. Er mochte etwa Mitte dreißig sein.

»Da kommt der Alexander Grubner, der Neffe des verstorbenen Anton«, flüsterte ihr Ulrich zu, der mit einem vollen Tablett in der Hand gerade an ihrem Tisch vorbeiging.

Unauffällig musterte Regina den Fremden, der sich am Nebentisch niederließ und nachdenklich vor sich hin schaute.

Der Mann mochte ungewöhnlich vornehm wirken, aber er sah dem einäugigen Anton trotzdem ein bisschen ähnlich: Er war genauso schlank und hatte die gleichen hellgrauen Augen wie der alte Fischer. Nur sein zurückgekämmtes, gegeltes Haar passte so gar nicht zum Image seines verstorbenen Onkels.

»Alexander hat kürzlich von seinem Vater eine Kette von Luxus-Hotels drüben in Österreich geerbt«, klärte Uli sie auf, als er ihr die Schorle servierte. »Bestimmt haben Sie schon mal vom Grandhotel Schwarzes Rössl in Kitzbühel gehört. Damit hat es angefangen.«

119

Das Schwarze Rössl. Ja, Regina kannte es, schließlich war es das erste Haus am Platze. Angeblich war man ab sechshundert Euro pro Nacht und Nase dabei.

»Der und seine Familie, die schwimmen geradezu im Geld«, fügte der Kellner hinzu. »Darum verstehe ich überhaupt nicht, warum der arme Anton bis zuletzt in seinem heruntergekommenen Häuschen leben musste.« Verärgert schüttelte er den Kopf. »Leute gibt's … Aber da kann man wohl nichts machen. Was darf ich Ihnen denn zu essen bringen?«

O je. Sie hatte noch gar nicht auf die Karte geschaut. Also bestellte sie einfach wieder den Knödel mit Schwammerln und Salat.

Ulrich trollte sich, und sie griff erneut nach ihrem Smartphone. Doch im gleichen Moment kam ein Mann in Jeans und Trachtenjacke aus der Gaststube. Als er Alexander Grubner entdeckte, trat er zu ihm an den Tisch.

»He, alter Junge!«, begrüßte er ihn. »Hat das Unglück deines Onkels dich hierher geführt? Mein herzliches Beileid! Das ist ja eine ganz, ganz schlimme Sache.«

Alexander hatte die Karte studiert, doch nun hob er den Kopf. »Der Franz Waldinger, na so was! Hallo! Und danke.«

»Du siehst gar nicht gut aus. Aber das ist ja wohl kein Wunder«, erklärte der. »Mich hat die Nachricht von Antons Tod auch mitgenommen, so wie alle hier auf der Insel. Nachdem erst vor ein paar Monaten dein Vater gestorben ist, muss dich das jetzt doppelt schlimm treffen.«

Alexander Grubner zuckte nur bedrückt die Achseln.

Er war in der Tat sehr blass, registrierte nun auch Regina.

»Dein Onkel war ein feiner Kerl. Auch wenn …« Franz Waldinger räusperte sich, »auch wenn er in der letzten Zeit arg wunderlich geworden ist.«

Den Eindruck hatte ich auch, dachte Regina und trank einen Schluck.

Antons Neffe nickte nur.

»Aber das bringt das Alter ja bei vielen Leuten mit sich«, fügte sein Bekannter hinzu.

Der Blick, den Alexander ihm zuwarf, war abgrundtief traurig. »Trotzdem, dass er so enden musste! Ertrunken im eisigen Chiemsee, auf dem er fast sein ganzes Leben zugebracht hat …«

Ob ihn das Ganze wirklich so mitnahm?, fragte sich Regina, die dem teuer gekleideten Mann mit dem gegelten Haar nicht so recht über den Weg traute. Immerhin schien er sich viele Jahre lang kaum um seinen alten Onkel gekümmert zu haben. Vielleicht täuschte er seine Gefühle ja nur vor, damit die Leute von der Insel nicht schlecht über ihn redeten. Zumindest Ulrich zufolge hatten sie offenbar allen Grund dazu.

Franz Waldinger beugte sich nun zu seinem Gesprächspartner hinunter. »Übrigens: Hier munkelt man, dein Onkel sei umgebracht worden. Angeblich hat er vor Kurzem noch einigen Freunden erzählt, dass ihn jemand am Telefon bedroht habe, weil er seine Bruchbude um keinen Preis der Welt verkaufen wollte.«

Alexander wurde noch blasser, als er ohnehin schon war. »Ja, darüber hat er auch mit mir gesprochen. Ich habe ihm daraufhin angeboten, in mein Landhaus in Mondsee zu ziehen. Er hätte auch problemlos in einem unserer Hotels leben können. Aber das hat er ja abgelehnt, so wie immer.« Nachdenklich rieb er sich das Kinn. »Trotzdem: Dass jemand ihn ermordet haben soll … Also, das kann ich mir beim besten Willen nicht vorstellen. Er war doch ein völlig harmloser alter Mann.«

»Tja«, meinte sein Bekannter. »Für unsere Vermutung spricht allerdings, dass er sehr gut schwimmen konnte. Wenn du mich fragst, ist er nie und nimmer ertrunken, selbst wenn er sturzbesoffen gewesen sein sollte, wie die Kellner vom Klosterwirt behaupten.«

Antons Neffe nickte langsam. »Das ist wirklich merkwürdig. Weißt du was? Ich werde heute noch mit dem zuständigen Staatsanwalt telefonieren und ihm wegen der Obduktion ein bisschen Druck machen. Falls er sie ablehnt, werde ich sie halt aus eigener Tasche finanzieren. Das bin ich meinem Onkel einfach schuldig.«

»Hervorragende Idee«, urteilte Franz Waldinger. »Dann werden wir ja sehen ...«

Nachdenklich wiegte Alexander den Kopf. »Trotzdem glaube ich, dass er eines natürlichen Todes gestorben ist. Vielleicht ist er ja ertrunken, weil er eine schwere Krankheit hatte, sodass ihm die Kraft zum Schwimmen im kalten Wasser fehlte. Es wäre ganz typisch für ihn gewesen, wenn er niemandem etwas davon erzählt hätte.«

Sein Bekannter seufzte. »Anton war ein bemerkenswerter Sturkopf. Ich habe nie verstanden, warum er seine letzten Jahre unter allen Umständen in dieser zugigen alten Kate verbringen wollte.«

Hilflos hob Alexander Grubner die Hände. »Ich doch auch nicht! Immer wieder haben mein Vater und ich ihm angeboten, ihm einen Platz in einem guten Seniorenheim zu besorgen. Aber mit ihm war ja nicht zu reden.«

Sein Gegenüber nickte verständnisvoll, und Alexander Grubner fuhr fort: »Jedes Mal hat er mir geantwortet, dass er sehr gut alleine zurechtkäme. Einmal ist er sogar richtig wütend geworden, angebrüllt hat er uns. Sterben müsse man sowieso, hat er geschimpft. Warum zum Teufel solle ausgerechnet er dann vornehm zugrundegehen.«

Für einen Moment sah Regina wieder das hagere Gesicht des alten Mannes vor sich. Und seinen durchdringenden Blick …

»Dennoch wollte mein Vater nicht aufgeben«, erklärte Antons Neffe. »Darum hat er ihm vorgeschlagen, seine alte Fischerkate abzureißen und ein Hotel auf dem Grundstück zu bauen. Die Umsatzbeteiligung, die mein Onkel danach kassiert hätte, wäre ausreichend gewesen, um ihm bis an sein Lebensende eine ganze Suite in einem Nobelhotel zu finanzieren. Aber …«

Die letzten Worte hatte er nur noch geflüstert, weil Ulrich mit dem Kaffee kam, den er bestellt hatte.

Der Mann schien tatsächlich ernsthaft betroffen zu sein, dachte Regina. Wenn sein Verhalten wirklich nur Theater war, dann musste er ein sehr guter Schauspieler sein.

»Auf der Beerdigung meines Vaters habe ich Anton angeboten, wenigstens seine Hütte auf meine Kosten renovieren zu lassen«, ergänzte Alexander Grubner, aus dessen Blick Verständnislosigkeit und unterdrückter Zorn sprachen. »Aber nicht einmal das hat er gewollt.«

Franz Waldinger grinste schief. »Dabei hat man doch schon Rheuma gekriegt, wenn man die Bruchbude nur von außen gesehen hat. In den letzten Jahren wollte er ja auch niemanden mehr hinein lassen.«

Reginas Aufmerksamkeit wurde kurz von Ulrich abgelenkt, der ihr das Mittagessen servierte. Sie nickte ihm dankend zu und fing an zu essen. Dabei spitzte sie weiterhin die Ohren.

»Besuch wäre ihm mit Sicherheit peinlich gewesen«, knurrte Alexander. »Und jetzt mache ich mir Vorwürfe. Ich hätte wohl noch sturer sein sollen als er und mich einfach durchsetzen müssen.«

Bei den letzten Worten war seine Stimme lauter geworden, darum hielt er kurz inne und räusperte sich. Dann fuhr er leiser fort: »Gerade eben habe ich seit einer halben Ewigkeit zum ersten Mal wieder einen Fuß in sein Häuschen gesetzt. Das hat mir wirklich den Rest gegeben. Dort sah es nämlich noch viel schlimmer aus, als ich befürchtet hatte.«

Tröstend legte ihm Franz Waldinger die Hand auf die Schulter. »Nun mach' dich mal nicht fertig. Das war mit Sicherheit nicht deine Schuld. Wenn ich ehrlich bin, habe ich in den letzten Monaten manchmal den Eindruck gehabt, dass dem Anton vor lauter Altersstarrsinn ein Teil seiner Vernunft abhanden gekommen ist. Was hättest du denn machen sollen? Deine einzige Möglichkeit wäre gewesen, ihn entmündigen zu lassen. Und damit wärst du garantiert nicht durchgekommen, weil er dafür einfach noch zu gut beieinander war. Ganz abgesehen davon, dass du ihm das bestimmt nicht hättest antun wollen.«

»Natürlich nicht«, seufzte Alexander Grubner.

»Viele alte Leute wollen ihr Heim um keinen Preis verlassen«, gab sein Bekannter noch zu bedenken. »Was hätte er denn davon gehabt, wenn er wirklich in einem guten Altersheim oder in einem vornehmen Hotel gelebt und die ganze Zeit Heimweh gehabt hätte? Einen so besonderen Platz wie die Fraueninsel findet man auf der ganzen Welt nicht mehr. Das hat er dir bestimmt auch schon mal gesagt.«

»Natürlich«, bestätigte Antons Neffe. »Und bei unserem letzten Treffen hat er noch etwas anderes behauptet. Damals habe ich ihn gefragt, worauf er eigentlich noch warten würde. Und da hat er ...« Ihm blieb für einen Moment die Stimme weg, und er räusperte sich. »Da hat mich mein lieber Onkel sehr ernst angeschaut. Und er hat mir geantwortet: ›Du hast recht. Ich warte. Nämlich darauf, dass der Richtige kommt. Und er wird kommen, so wahr ich Anton Grubner heiße.‹«

»Das hat er gesagt?« , fragte Franz Waldinger verblüfft.

»Ganz genau«, bekräftigte Alexander Grubner, und in einem beinahe trotzigen Tonfall fügte er hinzu: »Aber jetzt ist er tot, und der Richtige ist wohl doch nicht aufgetaucht.«

»Er hat also wirklich daran geglaubt«, murmelte sein Bekannter.

»Ich versteh's ja auch nicht«, gestand Alexander. »Und ich frage mich tatsächlich, ob dieser Aberglaube von anno dazumal nicht der eigentliche Grund dafür war, dass er nicht aus seiner zugigen Kate wegzukriegen war.«

Aberglaube. Ja, das passte zu diesem merkwürdigen alten Mann, dachte Regina kauend.

»Dieses Geheimnis wird er dann wohl mit ins Grab nehmen«, brummte Franz Waldinger. »Aber du hast getan, was du konntest. Am Ende war es seine Entscheidung.«

Noch einmal legte er Antons Neffen die Hand auf die Schulter. »Leider muss ich jetzt weiter. Du weißt ja, dass wir uns hier seit einer halben Ewigkeit montags um zwei zum Schafkopfen treffen. Die anderen warten wahrscheinlich schon auf mich.«

Ungläubig warf Regina einen Blick auf die Uhr.

Es war tatsächlich schon fünf nach zwei. In zehn Minuten musste sie an der Torhalle sein. Dabei hatte sie vor lauter Zuhören ihren Knödel erst halb aufgegessen.

Eilig schnitt sie sich ein großes Stück davon ab. Dabei fiel ihr etwas ein: Wenn der einäugige Fischer auf jemanden gewartet hatte, war das ja vielleicht eine Erklärung dafür, weshalb er sie bei ihrer Ankunft so merkwürdig intensiv gemustert hatte. Aber sie war ganz bestimmt die Falsche gewesen. Schließlich war sie zum allerersten Mal auf dieser Insel und ganz sicher nicht der Richtige, auf den er so in ständig gehofft hatte.

»Dann lass dich mal nicht aufhalten«, sagte Alexander Grubner gerade. »Gleich müsste ohnehin Tobias Hofrichter hier auftauchen. Wir wollen heute nämlich zusammen zu Mittag essen.«

So so, die beiden waren also befreundet, dachte Regina. Dabei passte der Abenteurer Tobias mit seiner Holzfäller-statur, seinen verwaschenen Jeans und seinen langen Haaren so gar nicht zu diesem geschniegelten Herrn aus der besseren Gesellschaft.

»Ihr habt also immer noch Kontakt, obwohl der Tobias dauernd in der Weltgeschichte unterwegs ist?«, hörte sie Franz Waldinger sagen.

»Aber ja«, bestätigte Alexander. »Wir waren doch als Kinder ziemlich dicke Freunde. Und obwohl wir uns schon länger nicht mehr gesehen haben, sind wir per Mail die ganze Zeit über in Kontakt geblieben.«

»Leider sorgt manchmal erst ein trauriger Anlass dafür, dass man sich wiedersieht«, stellte sein Bekannter fest. »Aber jetzt muss ich wirklich los. Wir sehen uns ja bestimmt bald wieder.«

»Spätestens auf Onkel Antons Beerdigung«, seufzte Alexander Grubner.

Für Regina wurde es ebenfalls höchste Zeit, zur Torhalle zu gehen. Schnell schob sie die letzten Pilze auf ihre Gabel. Dabei fiel ihr wieder ein, dass sie eigentlich zum Recherchieren hergekommen war. Sie stieß einen tiefen Seufzer aus, legte ihr Besteck auf den Teller und gab Ulrich ein Zeichen. Während er die Rechnung holte, aß sie ihren

Salat auf. Dann trank sie den Rest Johannisbeerschorle und bezahlte. Um zwölf Minuten nach zwei verließ sie im Eilschritt das Gasthaus.

Da kam Tobias Hofrichter um die Ecke.

»Hallo!«, begrüßte er sie mit seinem Spitzbubenlächeln. »Warst du wieder in der Linde?«

»Klar doch«, antwortete sie.

Seine Augen blitzten amüsiert. »Das Essen im Klosterwirt muss ja furchtbar sein.«

Das konnte sie nicht bestätigen, zumal sie dort noch nicht ein einziges Mal zu Mittag gegessen hatte. Aber ihr brannte etwas ganz anderes auf den Nägeln. »Du, ich hab da mal eine Frage«, sagte sie unumwunden. »Zufällig habe ich in der Gaststube mitbekommen, wie zwei Leute sich über den alten Anton unterhielten. Sie behaupteten, er habe an einem uralten Aberglauben festgehalten. Angeblich würde irgendwann schon der Richtige kommen, soll er gesagt haben. Hast du eine Ahnung, was beziehungsweise wen er damit gemeint haben könnte?«

Einen Wimpernschlag lang erstarrte Tobias' Lächeln, und er zog die Augenbrauen hoch. Doch ebenso rasch, wie seine Miene sich verfinstert hatte, erhellte sie sich wieder. »Du, das würde ich nicht so ernst nehmen«, riet er ihr. »Die Leute hier auf der Fraueninsel erzählen sich eine Menge abenteuerlicher Geschichten. Es heißt zum Beispiel, dass man drüben im Torhaus an bestimmten Herbstabenden verzweifeltes Weinen und Klagen hören soll.«

Genau das habe ich schon erlebt, dachte sie mit einem Schaudern.

Er hatte wohl bemerkt, dass sie leicht zusammengezuckt war. »Ja, so einen Unsinn redet man hier wirklich«, bekräftigte er.

»Das mag ja sein«, erwiderte sie. »Trotzdem würde ich gern wissen, wer mit diesem Richtigen gemeint sein könnte.«

Unwillig runzelte Tobias die Stirn. »Ich hab's dir doch gerade gesagt: Das ist Unsinn, nur ein dummes Gerücht, über das es sich nicht zu reden lohnt.«

Du mauerst, dachte sie verärgert. Also verschweigst du mir etwas. Aber warum?

Da sah sie, dass die Leute aus ihrer Meditationsgruppe auf die Torhalle zuspaziert kamen. Weil es offensichtlich zwecklos war, weiter auf ihn einzudringen, erklärte sie: »Dann ist es wohl wirklich nicht so wichtig. Leider muss ich mich von dir verabschieden, denn dort drüben kommt schon mein Kurs. Wir möchten zusammen die Torhalle besichtigen.«

Über sein Gesicht zog sich wieder das altbekannte Grinsen. »Dann viel Spaß! Wir sehen uns bestimmt bald wieder.«

»Ganz sicher«, bestätigte sie. »Also: Mach's gut!«

Und sie marschierte eilig zu ihren Kurskollegen.

»Hallo! Da bist du ja endlich. Ein paar von uns dachten schon, du würdest vielleicht nicht mitkommen«, begrüßte Heidrun sie.

»Ich werde mir doch nicht die Innenräume der berühmten karolingischen Torhalle entgehen lassen«, widersprach sie lächelnd.

Wo war denn Philipp? Suchend sah sie sich um, aber sie konnte ihn nirgendwo entdecken.

»Auf Herrn Menander warten wir auch noch«, klärte Maggie sie auf. »»Ach, da kommt er ja.«

»Hab mich … echt verquatscht«, keuchte Philipp, als er bei der Gruppe angekommen war.

Kurz darauf erschien die Führerin, eine grauhaarige Dame um die sechzig. Sie stellte sich als pensionierte Grundschullehrerin namens Maria Buchauer vor. Dann ging sie der Gruppe voran in den Durchgang der Torhalle.

Als sie das Gewölbe betraten, wurde Regina ein bisschen mulmig, denn sie musste wieder daran denken, wie sie dort zum ersten Mal die verzweifelten Rufe gehört hatte. Ob es die sagenumwobene Stimme war, von der Tobias gerade gesprochen hatte? Aber wie ließ sich das erklären? Und was hatte das mit ihren merkwürdigen Träumen zu tun?

Doch dann rief sie sich wieder ins Gedächtnis, was sie von Philipp erfahren hatte: Die Schreie waren in Wirklichkeit aus ihrem Unterbewusstsein gekommen. Sie hatten nichts, aber auch gar nichts mit der Vergangenheit von Frauenchiemsee oder mit einer alten Inselsage zu tun.

Weil Frau Buchauer lauter Dinge erklärte, die Regina schon bekannt waren, hörte sie nach kurzer Zeit nicht mehr richtig zu. Stattdessen schaute sie in Philipps dunkle Augen, und ihr wurde warm ums Herz. Wie war sie froh, ihn an ihrer Seite zu haben! Sonst wäre sie mit alldem, was in den letzten Tagen auf sie eingestürzt war, vielleicht gar nicht fertig geworden.

Nach einiger Zeit stiegen sie eine Treppe hoch, die der Wendeltreppe aus ihrem Traum zum Glück kaum ähnlich sah. Dann betraten sie die Michaelskapelle.

Fasziniert schritt Regina durch den Raum, in dem Vitrinen mit kostbaren goldenen und edelsteinbesetzten Gegenständen ausgestellt waren. Trotz all der Pracht war sie ein wenig enttäuscht, weil an den Wänden nur wenige alte Fresken erhalten geblieben waren. Zu sehen waren lediglich noch Abbildungen eines sitzenden Christus und einer Frau, die eine Waage in der Hand hielt sowie eine Inschrift in merkwürdig eckigen Buchstaben und die Reste eines Schmuckbandes unter der Decke. Dabei hätte sie zu gerne gewusst, wie die Künstler zur Zeit Herzog Tassilos den Raum ausgeschmückt hatten.

Doch dann fiel ihr Blick in eine kleine, halbrunde Apsis an der Ostseite des Raumes. In die Rückwand war ein kleines Fenster eingelassen, und rechts und links davon sah sie die Zeichnungen zweier Engel. Sie waren lebensgroß.

Beeindruckt trat sie näher – und erschrak. Die Gesichter der beiden Engel waren zerstört!

Fassungslos starrte sie die alten Zeichnungen an. Dann erst registrierte sie, dass man von dem Engel auf der rechten Seite zumindest noch das Kinn und den Mund erkennen konnte, der auffallend weiblich anmutete: ein sehr kleiner, aber hübscher Mund mit vollen Lippen.

Gotani, die kleine Tochter Herzog Tassilos aus ihrem Traum, hatte genauso ausgesehen.

EIN FURCHTBARER VERDACHT

Regina stand einfach da und starrte den Engel an.

Alles kein Problem, beschwichtigte sie sich selbst. Diesen Engel hatte sie vermutlich vor vielen Jahren schon einmal auf einem Foto gesehen, und die Erinnerung daran war wohl in ihren Traum eingeflossen.

Auch die rechte und die linke Wand der Apsis waren mit geflügelten Figuren bemalt. Aber sie konnte nicht anders, sie musste immer wieder die beiden Engel neben dem Fenster betrachten. Wie schön sie waren! Wer immer sie gezeichnet hatte, musste ein wahrer Künstler gewesen sein.

»Hier bist du also.« Philipps tiefe Stimme jagte ihr einen kleinen Schrecken ein. Dann spürte sie seine warme Hand auf ihrer Schulter. Zärtlich rieb sie ihre Wange daran.

»Du hast Frau Buchauers Erklärungen verpasst«, fuhr er leise fort. »Dabei hat sie uns so viel Interessantes über diesen Raum und all die wundervollen Kunstwerke mitgegeben, die hier ausgestellt sind.«

»Das macht nichts«, wehrte sie ab. »Hat sie euch auch gesagt, wie alt diese Engelsdarstellungen sind?«

»Sie stammen noch aus der Zeit Karls des Großen«, erklärte er. »Aber es sind nur Vorzeichnungen. Der Künstler ist mit seiner Arbeit nie fertig geworden.«

Regina gingen die Worte durch den Kopf, die Herzog Tassilo zu dem Stukkateurmeister gesagt hatte: »Beeilt euch! Ich fürchte, wir haben nicht mehr viel Zeit.« Und vor ihrem inneren Auge sah sie das erschrockene Gesicht von Meister Romuald.

»Du bist ja ganz blass«, wunderte sich Philipp.

»Mit mir ist alles in Ordnung«, murmelte sie. »Das heißt … Ich würde dir gern etwas erzählen. Aber nicht hier.«

Interessiert sah er sie an. »Sag bloß, du hast schon wieder geträumt.«

Regina nickte nur.

»Kein Problem«, sagte er. »Die Führung ist ja schon zu Ende. Und Maggie hat uns den Rest des Nachmittags freigegeben. Wie wär's, wenn wir einen kleinen Spaziergang machen? Dann können wir in aller Ruhe reden.«

»Gerne«, stimmte sie ihm zu. »Ich meine … falls du nichts Besseres vorhast.«

Philipp lachte leise. »Aber Regina! Ich kenne diese Insel wie meine Westentasche. Was für Pläne sollte ich denn haben? Außerdem«, er beugte sich zu ihr hinunter und flüsterte ihr ins Ohr, »bin ich unglaublich neugierig darauf, welche Abenteuer du in der letzten Nacht erlebt hast.«

Lächelnd ergriff sie seine Hand, und gemeinsam traten sie ins Freie.

Regina war gar nicht bewusst gewesen, wie viel Zeit sie in der Torhalle verbracht hatte. Sie musste wirklich sehr lange vor den Engeln gestanden haben.

Draußen dämmerte es bereits, und der Himmel über dem Chiemsee begann sich rosa und orange zu verfärben. Das würde ihrem Spaziergang mit Philipp ein wenig Romantik verleihen.

»Nun möchte ich aber wirklich mehr über deinen neuen Traum erfahren«, erklärte er, als sie hügelabwärts Richtung Chiemsee gingen.

Sie begann zu erzählen. Haarklein berichtete sie jede Einzelheit, an die sie sich erinnern konnte.

Als sie fertig war, hatten sie die Südspitze der Insel erreicht und blieben stehen, um auf die Krautinsel, Herrenchiemsee und das Männerkloster zu schauen.

»Der Engel in der Apsis sieht der kleinen Tochter vom Herzog Tassilo also tatsächlich ähnlich«, wiederholte Philipp beeindruckt.

»Eigentlich nicht. Schließlich war alles nur ein Traum«, korrigierte sie ihn. »In Wirklichkeit habe ich früher bestimmt einmal ein Foto davon gesehen. Darum habe ich mir den unteren Teil von Gotanis Gesicht genau so vorgestellt wie auf der alten Zeichnung in der Torhalle.«

»Du hast natürlich recht«, sagte er lächelnd. »Was du erzählt hast, war für mich so spannend, dass ich es im ersten Moment fast für bare Münze genommen hätte.«

»Da war aber noch etwas«, fuhr sie fort. »Als ich heute Mittag im Gasthaus Zur Linde gegessen habe, saß neben mir ein Mann, der sich als Neffe des alten Fischers Anton entpuppt hat.«

»Der Alexander? Ach …«, murmelte Philipp.

»Kennst du ihn denn?«, fragte sie.

»Ein bisschen«, gab er zu. »Als Kind habe ich mal mit ihm gespielt. Wir sind ja fast im selben Alter. Aber wir haben uns nicht sonderlich gut verstanden, und wenn mich meine Erinnerung nicht täuscht, dann hätten wir uns damals beinahe mal geprügelt.«

Na so was!, dachte Regina, denn sie konnte sich gar nicht vorstellen, dass der souveräne Philipp sich mit jemandem prügelte. Nicht einmal als Kind.

Doch laut sagte sie nur: »Tja, kleine Jungs.« Dann kam sie gleich wieder zu ihrem eigentlichen Thema zurück. »Jedenfalls hat sich dieser Alexander mit einem Franz Waldinger unterhalten. Weil ich am Nachbartisch saß, konnte ich gar nicht anders als zuzuhören. Die beiden haben auch nicht unbedingt leise geredet.«

»Sie hielten dich halt für eine Touristin, die sich eh' nicht für das interessiert, was hier auf der Insel so los ist«, vermutete er.

»Ja klar«, antwortete sie. »Jedenfalls hat Alexander Grubner sich Vorwürfe gemacht, weil er seinen Onkel nie dazu bringen konnte, aus seinem heruntergekommenen Häuschen auszuziehen. Dass der alte Anton sich so hartnäckig weigerte, hängt seiner Meinung nach damit zusammen, dass er in seinen letzten Jahren wohl auf jemanden gewartet hat, den er den Richtigen nannte. Ich habe keine Ahnung, wen er damit gemeint haben könnte. Derjenige ist vermutlich auch nie gekommen.«

Verblüfft starrte Philipp sie an. Doch in seinen Augen war noch etwas anderes, ein unruhiges Flackern, das Regina bei ihm noch nie bemerkt hatte. Und das sie nicht so recht deuten konnte.

»Was ist denn plötzlich los mit dir?«, fragte sie verunsichert.

»Ich denke darüber nach, warum Alexander so einen Blödsinn geredet hat«, murmelte er.

»So etwas Ähnliches hat Tobias Hofrichter auch gesagt«, erinnerte sie sich. »Ich bin ihm nach dem Essen kurz begegnet. Und ich habe ihn gefragt, ob er etwas über diesen

Richtigen wisse. Da hat er mich zuerst ganz merkwürdig angeschaut. Dann meinte er, das wäre ja wohl Unsinn, nur eine von vielen alten Sagen, die sich manche Inselbewohner immer noch erzählten.«

»Das hat er gesagt?«, fragte Philipp ungläubig.

»Ja, genau wie du gerade«, antwortete sie.

Er warf ihr einen verwirrten Blick zu. »Nein, nein, das hast du völlig falsch verstanden«, erklärte er dann. »Ich habe mich vielmehr darüber gewundert, dass Alexander so getan hat, als könne er seinen Onkel nicht verstehen. Tatsächlich hat er nämlich sehr genau gewusst, warum der Anton um keinen Preis aus seinem Häuschen weichen wollte. Der alte Mann glaubte nämlich, er habe dort eine wichtige Aufgabe zu erledigen.«

»Dann hat sein Neffe sich also verstellt«, schlussfolgerte Regina. »Tatsächlich hatte ich genau diesen Eindruck die ganze Zeit, während er sich mit diesem Franz Waldinger unterhielt.«

»Das hat er mit Sicherheit getan.« Philipps Stimme war lauter geworden. Zum ersten Mal, seit Regina ihn kannte, schien er um seine Beherrschung zu kämpfen. »Dein Archäologenfreund macht übrigens genau das Gleiche. Diese Geschichte von dem Richtigen ist nämlich viel mehr als nur ein dummes Gerücht.«

»Ach ja? Das musst du mir genauer erklären«, sagte sie.

Philipp nickte. »Komm, wir setzen uns auf die Bank da drüben.«

Mit schnellen Schritten ging er voraus. Während sie ihm folgte, überlegte sie, warum um alles in der Welt er nur so aufgeregt war.

Als sie Platz genommen hatten, atmete er einmal tief durch, bevor er weiterredete. »Die meisten Bewohner der

Fraueninsel glauben heute nicht mehr an diese Geschichte. Als ich ein Kind war, haben es aber noch die Spatzen von den Dächern gepfiffen. Wirklich alle hier haben den Anton damals nur den Wächter genannt.«

»Das ist ein ziemlich ungewöhnlicher Spitzname«, murmelte Regina.

»Allerdings«, bestätigte Philipp. »Aber der hatte seinen tieferen Grund. Unter Antons Häuschen soll sich nämlich etwas … hmm … sehr Ungewöhnliches befinden. Angeblich liegt dort das Tor zu einem alten Geheimgang, der von der Fraueninsel bis hinüber zum ehemaligen Männerkloster auf Herrenchiemsee führt.«

»Wie bitte? Die Herreninsel ist doch mindestens einen Kilometer von hier entfernt«, widersprach Regina. »Und die Menschen früher hätten mit ihren einfachen Gerätschaften niemals so einen langen Tunnel graben können, noch dazu unter dem Chiemsee hindurch. Das ist völlig unmöglich.«

Philipp zuckte die Achseln. »Man sollte die Leute von damals nicht unterschätzen. Wenn sie lange genug daran gearbeitet haben, vielleicht sogar über mehrere Generationen hinweg, konnten sie das sehr wohl bewerkstelligen. Außerdem hätte ein reiches Kloster wie Frauenwörth mit Sicherheit erstklassige Baumeister mit der Konstruktion eines solchen Ganges beauftragen können. Und solchen Fachleuten traue ich durchaus zu, einen Tunnel unter einem See hindurch zu bauen.«

Zweifelnd sah Regina ihn an.

»Antons alte Kate liegt an der Südwestseite der Insel, also direkt gegenüber dem Kloster auf Herrenchiemsee«, fuhr er fort. »An dieser Stelle sind sich die beiden Inseln sehr nahe. Und unter den Einheimischen gehört die Geschichte von dem verborgenen Tunnel sozusagen zum Allgemeinwissen, auch wenn die meisten sie inzwischen für Blödsinn halten.«

Regina war immer noch nicht überzeugt. »Warum hätten die Leute sich denn an so ein Mammutwerk wagen sollen? Das wäre nicht nur eine Riesenarbeit gewesen, sondern auch unermesslich teuer und mit Sicherheit sehr gefährlich.«

»Es gab einen guten Grund«, erklärte Philipp. »In diesem Kloster haben fast nur adelige Frauen gelebt, und ...«

»Du kennst dich aber gut mit der Geschichte von Frauenwörth aus«, unterbrach sie ihn beeindruckt.

Philipp zuckte die Achseln. »Ich bin halt oft hier gewesen, schon als kleines Kind. Außerdem waren meine Eltern an der Geschichte dieser Insel sehr interessiert und haben alles darüber gelesen, was sie in die Finger bekommen haben. Doch wie auch immer: Der Geheimgang war für die Nonnen wahrscheinlich eine Frage der Sicherheit. Denn die Fraueninsel liegt zwar mitten im riesigen Chiemsee, aber die Bewohner waren hier längst nicht so geschützt, wie man glauben möchte. Irgendwann zwischen 899 und 955 wurde das Kloster tatsächlich einmal von ungarischen Horden überfallen und teilweise zerstört.«

Vielleicht waren die Ungarn ja gar nicht die ersten, die über diese Insel hergefallen sind, dachte Regina angesichts ihres ersten Traums. Zwar war ihr nach wie vor bewusst, dass das Meiste ihrer eigenen Fantasie entsprungen sein musste, trotzdem hatte sie immer noch das beunruhigende Gefühl, dass damals in diesem Kloster etwas Furchtbares passiert war. Dennoch: Die Idee von einem geheimen Gang unter dem Chiemsee blieb für sie eine abenteuerliche, utopische Vorstellung.

»Vermutlich hat Tobias mir nichts von Antons Rolle als Wächter dieses Geheimganges erzählt, weil er befürchtete, dass ich ihn danach für verrückt erklären würde«, sagte sie laut.

Sogar im Zwielicht der sinkenden Sonne erkannte sie, dass Philipp die Faust ballte. »Da bin ich allerdings anderer Meinung.«

Fragend sah sie ihn an.

»Sieh mal: Er und Alexander sind alte Freunde«, erklärte er ihr. »Und Alexander Grubner ist als Sammler historischer Kunstwerke bekannt. Erst vor ein paar Wochen wurde in München eine große Ausstellung eröffnet, für die er einige kostbare Stücke als Leihgaben zur Verfügung gestellt hat. «

Das konnte sich Regina bei diesem Mann sehr gut vorstellen. Wahrscheinlich war das auch einer der Gründe dafür, warum er sich mit Tobias, dem Archäologen, so gut verstand. Aber worauf genau wollte Philipp hinaus?

Leider bekam sie keine Antwort. Stattdessen schlug Philipp vor, ein bisschen weiterzugehen, da ihm allmählich kalt werden würde.

Als sie nickte, stand er auf und schlug den Weg ein, der am Inselufer entlang nach Norden führte.

»Und was hat nun Alexander Grubners Sammelleidenschaft mit diesem angeblichen Geheimgang zu tun?«, fragte sie schließlich.

Philipp sah sie an, und wieder bemerkte sie das unruhige Flackern in seinen Augen. »Es heißt, in diesem Tunnel seien sehr alte, enorm wertvolle Kunstgegenstände versteckt.«

Diese Sage wird ja immer verrückter, dachte sie, verkniff sich jedoch ein Grinsen und sagte: »Prima! Dann kann er ja, wenn er das Häuschen seines Onkels erbt, in aller Ruhe nach diesen sagenhaften Schätzen suchen.«

Philipp hatte die Ironie ihrer Worte offenbar nicht verstanden. »Genau das wird er tun«, beteuerte er. »Ich wette, er hat sich ins Fäustchen gelacht, als sein Onkel endlich das Zeitliche gesegnet hat.«

»Das glaube ich nicht«, unterbrach Regina ihn. »Tobias Hofrichter würde es doch bestimmt mitbekommen, wenn er den Tunnel und die vielen kostbaren Kunstwerke findet. Immerhin arbeitet er für die Archäologische Staatssammlung. Außerdem: Falls er wirklich an diese verborgenen Kunstschätze glauben würde, hätte er längst die zuständigen Stellen informiert.«

Philipp nickte. »Aber genau das hat er nie getan. Denn sonst hätten seine Kollegen vom Landesamt für Bodendenkmalpflege mit Sicherheit sofort auf dem Grundstück des alten Anton nachgeschaut. Und falls sie etwas entdeckt hätten, hätten sie die Funde für Forschungszwecke einbehalten. Das Recht dazu haben sie jedenfalls, zumindest, wenn sie Alexander dafür bezahlen ...«

Plötzlich zog Philipp scharf die Luft ein. »Was ist, wenn Tobias mit Alexander unter einer Decke steckt?«

»Nein, nein«, protestierte Regina entsetzt. »Das traue ich ihm absolut nicht zu.«

Nachdenklich rieb er sich das Kinn. »Wie lange kennst du ihn? Zwei Tage oder drei?«

Da hatte er allerdings recht. Wusste sie wirklich, was Tobias dachte und was er tatsächlich vorhatte?

»Bist du dir überhaupt sicher, dass er im Auftrag der Archäologischen Staatssammlung hier ist?«, hakte Philipp nach.

»Ich ... ich habe keine Ahnung«, stammelte Regina verunsichert. »Einen Ausweis hat er mir jedenfalls nicht gezeigt.« Doch dann fiel ihr wieder ihre erste Begegnung mit Tobias ein, und sie fügte aufgeregt hinzu: »Aber die Nonnen von Frauenwörth, auf deren Grund und Boden er forscht, vertrauen ihm. Sonst würden sie ihn nicht in ihrer Kirche arbeiten lassen. Außerdem kennt Tobias wirklich jedes Detail über die Geschichte des Klosters.«

»Wenn er in Wirklichkeit nach dem Geheimgang sucht, hat er sich mit Sicherheit auch gut informiert. Der versteckte Tunnel muss doch irgendwie mit der Vergangenheit des Klosters zusammenhängen«, gab er zu bedenken. »Und die Nonnen könnte er genauso hinters Licht geführt haben wie dich.«

»Falls er uns alle täuschen will, ergibt es für ihn aber keinen Sinn, das Münster zu untersuchen«, wendete sie ein.

Nachdenklich runzelte er die Stirn, dann meinte er: »Hast du dich eigentlich nie gefragt, warum er für seine wissenschaftlichen Untersuchungen sein freies Wochenende opfert, obwohl er genauso gut erst morgen damit anfangen könnte?«

»Er hat mir gesagt, er sei viel zu gespannt, um bis Montag zu warten«, erklärte Regina. Doch diese Erklärung kam ihr plötzlich ziemlich fadenscheinig vor.

Philipp lachte leise. »Ich vermute, dass seine angeblichen Forschungen nur vorgeschoben sind. In Wirklichkeit wollte er auf der Insel sein, wenn der alte Anton stirbt.«

»Aber er hatte doch gar keine Ahnung, dass man den alten Mann ausgerechnet jetzt umbringen würde«, widersprach sie.

Mit vor Schreck geweiteten Augen blieb er stehen. »Vielleicht hat er es ja gewusst.«

»Du glaubst doch nicht im Ernst, dass Alexander und Tobias für seinen Tod verantwortlich sind«, stieß Regina entsetzt hervor.

Nachdenklich sah Philipp zu Boden, dann sagte er leise: »Nein, das glaube ich nicht. Aber wenn ich über alles nachdenke, dann … ist es zumindest eine Möglichkeit.«

»Na hör' mal!«, protestierte Regina aufgeregt. »Tobias war total erschüttert von Antons Tod. Und wie die meisten Inselbewohner hat er nicht eine Sekunde lang daran geglaubt, dass der arme Kerl ertrunken ist.«

»Natürlich nicht«, bestätigte er. »Aber überleg' doch mal: Alexander, der Kunstsammler, hat vermutlich seit vielen Jahren darauf gewartet, endlich nach den sagenhaften Schätzen suchen zu können. Doch sein sturer Onkel hat ihm einen Stein nach dem anderen in den Weg gelegt. Dann ist Alexanders Vater gestorben, und er konnte endlich aktiv werden: Anfangs hat er mehrmals versucht, über einen Strohmann die baufällige Kate zu kaufen, unter der der Geheimgang liegen soll. Dann hat er alles unternommen, um Anton mürbe zu machen. Er ist nicht einmal davor zurückgeschreckt, ihm am Telefon mit Todesdrohungen Angst und Schrecken einzujagen. Als auch das nicht fruchtete, hat er noch einmal jemanden losgeschickt, der in seinem Auftrag mit dem alten Mann über den Kauf seines Häuschens verhandeln sollte. Doch wie zu erwarten war, hat sein Onkel wieder abgelehnt. Darum hat sein lieber Neffe zum allerletzten Mittel gegriffen.«

Regina wusste nicht, was sie darauf antworten sollte. Eigentlich wusste sie überhaupt nichts mehr. Gerade war ihr nämlich klar geworden, was Anton Grubner alles auf sich genommen hatte, um in seinem Häuschen zu bleiben: Er hatte miserable Wohnverhältnisse ertragen und nicht einmal weichen wollen, als ein Unbekannter ihn mit dem Tod bedrohte. Konnte man das wirklich noch mit Altersstarrsinn erklären? Oder existierte dieser sagenhafte Geheimgang tatsächlich? In diesem Fall hätte Anton sicherlich unter allen Umständen seine Pflicht erfüllen und den geheimnisvollen Ort beschützen wollen. Hatte er doch inständig gehofft, dass noch zu seinen Lebzeiten jemand kommen würde, um ihn abzulösen. Und wenn an der alten Sage von dem verborgenen Tunnel etwas dran war, hätte Anton das vor seiner Familie wohl kaum verbergen können. Auch sein Neffe hätte dann Bescheid gewusst. Oder er hätte es wenigstens geahnt. Und er hätte gemeinsame Sache mit Tobias gemacht. Sonst hätte der die Sache nämlich dem Amt für Bodendenkmalpflege melden müssen.

Inzwischen hatten sie die ersten Häuser im Westen der Insel erreicht. Obwohl es mittlerweile fast ganz dunkel war, sah Regina, dass es dort viele kleine Gartengrundstücke gab, die einen Miniaturhafen hatten, in dem Motorboote der Einheimischen lagen.

Doch dann begann sie angestrengt zu lauschen. Irrte sie sich, oder hörte sie wirklich Schritte?

Tatsächlich: Vom Inselmünster her näherte sich jemand. Im schwachen Abendlicht konnte sie zunächst nur dessen Umrisse erkennen, und sie war heilfroh, dass sie nicht alleine war.

Dann erkannte sie den Mann. »Das ist Tobias Hofrichter«, flüsterte sie Philipp zu. Gleichzeitig drückte sie sich an ihn und tastete nach seiner Hand.

»Wenn man vom Teufel spricht«, murmelte der und schloss seine warme Hand um die ihre.

Inzwischen hatte Tobias sie auch erkannt. Überrascht sah er sie an, dann hob er grüßend die Hand und kam noch ein bisschen näher.

»Hallo«, sagte Regina, zum Glück mit einigermaßen fester Stimme. »So schnell sieht man sich wieder.«

Er nickte. »Tja, diese Insel ist nun mal sehr klein. Einen schönen Abend wünsche ich euch!«

»Danke, dir auch«, antwortete sie und sah ihm nach, wie er in Richtung Süden weiterging.

»Das war er also, der Herr Archäologe«, sagte Philipp. »Eigentlich wirkt er ganz sympathisch.«

»Vielleicht hast du dich ja getäuscht«, wendete sie ein. Doch sie konnte ihre eigenen Worte nicht mehr so recht glauben.

»Wie ich schon sagte: Auch das ist möglich«, gab er zu. »Aber was ist, wenn ich recht habe?«

Das würde ihr sehr weh tun, dachte sie, denn sie konnte Tobias mit seinem lausbubenhaften Grinsen richtig gut leiden. Aber vielleicht hatte sie ihr Vertrauen zu früh jemandem geschenkt, den sie kaum kannte.

»Wenn diese Kunstschätze existieren«, führte Philipp weiter aus, »dann sind das wichtige Kulturgüter. Darum müssen wir unbedingt dafür sorgen, dass sie in die richtigen Hände kommen und nicht in den Tresoren eines dubiosen Sammlers wie Alexander Grubner verschwinden.«

»Willst du die beiden etwa bei der Polizei anzeigen?«, fragte Regina entsetzt.

Doch Philipp schüttelte den Kopf. »Natürlich nicht. Wir haben ja keine Beweise, sondern nur Hinweise. Aber ich möchte sichergehen. Darum sollten wir uns einmal auf dem Grundstück des alten Anton umsehen. Und zwar jetzt, sofort.«

»Das meinst du doch wohl nicht ernst«, keuchte Regina und ließ seine Hand los.

»Warum nicht?«, fragte er, immer noch sehr ruhig. »Übrigens steht die alte Kate gleich hier in der Nähe. Wann, wenn nicht jetzt, hätten wir wohl die passende Gelegenheit, um mit der Suche anzufangen?«

Regina starrte ihn an, und die Gedanken überschlugen sich in ihrem Kopf.

Philipp hatte sich eine wilde Geschichte zusammengereimt, und jetzt klammerte er sich daran fest. Nichts davon konnte er auch nur im Ansatz beweisen. Außerdem gingen ihn Alexander Grubners Familienangelegenheiten doch überhaupt nichts an. Und sie selbst noch viel weniger. Warum also sollte sie in das Haus eines Toten einbrechen, den sie nur zweimal von Weitem gesehen hatte?

»Wie sieht's aus? Kommst du mit?«, drängelte er. Doch sie machte nur eine abwehrende Handbewegung.

Vielleicht war seine Vermutung aber doch nicht so abwegig, dachte sie. Der alte Anton musste etwas zu verbergen gehabt haben. Oder zu beschützen. Sonst wäre er trotz all seiner Schwierigkeiten nie und nimmer hier geblieben.

Tief in ihrem Inneren flüsterte jetzt leise, aber drängend, eine andere Stimme: »Nun gib doch zu, dass du neugierig bist! Du willst doch wissen, ob etwas Wahres dran ist an der Sage von dem Tunnel und den verborgenen Kunstschätzen. Und was soll dir schon passieren? Vielleicht werden wir erwischt und kriegen ein bisschen Ärger, im schlimmsten Fall vermutlich nicht mehr als eine Geldstrafe. Wenn du nicht einmal dieses Risiko eingehen willst, bist du ein Angsthase. Und du wirst nie erfahren, ob es diesen mysteriösen Geheimgang wirklich gibt. Also fass dir ein Herz und finde es heraus!«

Mit einer entschlossenen Bewegung zog Philipp den Kragen seines Mantels höher. »Du, mir ist inzwischen so was von kalt … Am besten gehe ich alleine.« Dann marschierte er los.

»He, warte, ich komme mit!«, rief sie und lief eilig hinter ihm her.

Lächelnd drehte er sich um. »Hab ich's mir doch gedacht!«

»Was glaubst du denn, wen du vor dir hast?«, schnaufte sie grinsend.

Es dauerte tatsächlich nicht lange, bis sie das Häuschen erreicht hatten. Versteckt im Schatten hoher Nadelbäume lag es auf der rechten Seite des Weges.

Vorsichtig schaute Regina sich um, aber in der zunehmenden Dunkelheit war niemand zu entdecken.

»Bald werden wir gar nichts mehr sehen können«, flüsterte sie Philipp zu. »Hast du dir überlegt, wie wir dann zurechtkommen sollen?«

»Eigentlich nicht«, gestand er, während sie den Weg überquerten. »Aber meistens hab ich eine kleine Taschenlampe dabei. Man weiß ja nie.« Suchend kramte er in seinen Manteltaschen. »Ah, da ist sie ja.«

»Du bist wohl immer für alles gerüstet«, stellte Regina amüsiert fest.

Philipp schien die Achseln zu zucken. »Vor drei Jahren habe ich auf dem Heimweg von der Arbeit einen bewusstlosen Mann gefunden. Das heißt, eigentlich bin ich über ihn gestolpert. Jedenfalls war es Winter und später Nachmittag, und die Straßenbeleuchtung war ausgefallen. Natürlich habe ich sofort den Krankenwagen gerufen, und selbstverständlich habe ich versucht, diesem Menschen zu helfen. Aber ich konnte kaum etwas sehen!« Er räusperte sich. »Der arme Kerl war schon tot, als endlich Hilfe kam. Später stellte sich heraus, dass er einen Herzinfarkt erlitten hatte. Dabei war er erst Ende vierzig. Vielleicht hätte ich ihn ja retten können, wenn ich mehr Licht gehabt hätte.«

Tröstend legte sie ihm den Arm um die Schulter und drückte ihn ein bisschen. »Du hast getan, was du konntest.«

Es sah aus, als würde er nicken.

Nun waren sie am Zaun von Anton Grubners Grundstück angekommen. Philipp schaltete seine Taschenlampe ein und ließ den Lichtstrahl über den kleinen, völlig verwilderten Vorgarten streifen.

Nur mit Mühe konnte man zwischen wucherndem Efeu und Brombeerranken erkennen, wo früher einmal Beete gewesen waren. Zum Haus führte nur ein schmaler, ausgetretener Pfad.

Vorsichtig drückte Philipp die Klinke der niedrigen Gartentür hinunter. Mit leisem Quietschen öffnete diese sich, und sie betraten die kleine Wildnis, als wäre sie ein verwunschenes Feenreich.

Trotz der herbstlichen Kälte wurden Reginas Hände feucht, und ihr Herz schlug schneller. Hoffentlich bemerkte sie niemand.

Verstohlen schaute sie über die Schulter. Aber im Garten war es noch dunkler als auf dem Weg, und sie konnte absolut nichts sehen. Trotzdem hatte sie das ungute Gefühl, als wäre noch jemand in ihrer Nähe.

Aber es gab keinen Grund, nervös zu werden. In Wirklichkeit war die Dunkelheit ihr Schutz. Niemand würde sie entdecken.

Ein klopfendes Geräusch ließ sie erschrocken zusammenzucken, und als sie einen Schritt nach vorn machte, stieß sie gegen Philipps Rücken. Der war plötzlich stehengeblieben; nun richtete er seine Taschenlampe auf eine kleine Treppe. Vermutlich war er mit dem Fuß gegen die unterste Stufe gestoßen.

Regina wollte schon die drei Stufen zur Haustüre hochgehen, doch Philipp legte ihr die Hand auf die Schulter. »Nicht hier lang.«

»Wo dann?«, hauchte sie.

»Das Tor zum Geheimgang soll in Antons Gewölbekeller liegen. Und der hat einen eigenen Eingang«, wisperte Philipp zurück. »Wir müssen rechts ums Haus herumgehen.«

»Woher willst du das wissen?«, fragte sie einigermaßen erstaunt. Dabei schaute sie sich noch einmal um, weil sie sich immer noch nicht sicher war, dass sie alleine waren.

Philipp fasste sie an der Hand und zog sie behutsam hinter sich her. »Als ich ungefähr zehn war, habe ich mal mit ein paar Bengeln von der Insel versucht, in diesen Keller einzudringen. Doch der Anton hat aufgepasst wie ein Schießhund. Stell' dir vor: Er hat uns mit faulen Äpfeln beworfen! Und er hat gut gezielt.«

Ganz unvermittelt blieb er stehen. Das Licht seiner Taschenlampe glitt zuckend über die Wand des Häuschens und blieb an einer halbrunden Holztür hängen.

»Dort ist der Eingang«, erklärte er mit rauer Stimme.

»Und was machen wir jetzt?«, flüsterte Regina. »Vielleicht hat er ja eine Alarmanlage angebracht.«

»Das glaube ich nicht«, widersprach er. »Anton hat steif und fest behauptet, er könne spüren, wenn sich jemand dem Keller nähere. Und wenn ich an unseren Jungenstreich denke, kommt es mir so vor, als hätte er recht gehabt: Urplötzlich stand er damals hinter uns, obwohl wir so leise waren wie Indianer auf dem Kriegspfad. Dann hat er uns lautstark zum Teufel gewünscht, und die matschigen Äpfel flogen.«

Langsam näherte er sich der schweren Tür aus dicken Holzbohlen, zu der steinerne Treppenstufen hinunterführten. Über der Tür wölbte sich ein alter, gemauerter Bogen.

Reginas Gefühl, beobachtet zu werden, wurde immer stärker, und sie wollte auf keinen Fall alleine im Dunkeln zurückbleiben. Also schlich sie eilig hinter ihm her.

Was ist, wenn uns der Geist des toten Anton verfolgt?, dachte sie schaudernd.

Doch da hatten sie das Tor schon erreicht, und Philipps Lampe leuchtete auf den schweren Griff einer eisernen Türklinke. Darunter befand sich ein altes, traditionelles Buntbartschloss mit einem fein ziselierten Muster.

In dem Schloss steckte sogar ein großer Schlüssel, doch durch dessen Reute führte ein verrostetes Vorhängeschloss, das mit dem Türgriff verkantet war.

Philipp stieß es mit dem Finger an. Metallstaub rieselte lautlos zu Boden.

»Das Ding ist total verrostet«, brummte er, packte es und zog kräftig daran. Es knirschte kurz, dann gab es nach.

»Anton Grubner hat so viel auf sich genommen, um diesen Keller zu bewachen. Warum hat er sich mit dieser Türe nicht mehr Mühe gegeben?«, bemerkte Regina erstaunt.

Philipp seufzte. »Zum Schluss war er wohl wirklich sehr, sehr alt und wunderlich, fürchte ich.«

Wieder musste sie daran denken, wie der hagere, gebeugte Mann unter der hohen Linde neben dem Wirtshaus gestanden hatte. Mit seiner Hakennase und dem einen Auge, das er mit brennendem Blick auf sie gerichtet hatte, hatte er tatsächlich den Eindruck eines sehr gebrechlichen Greises gemacht.

Ja, Philipp hatte wohl recht. Nicht nur der Körper, sondern auch der Geist dieses Mannes war uralt gewesen. Wahrscheinlich erklärte das auch sein eigenartiges Verhalten ihr gegenüber.

Sie schaute sich noch einmal um. Dumm nur, dass sie in der Dunkelheit so wenig sehen konnte.

Wieder quietschte es, diesmal lauter, als Philipp den schweren Griff hinunterdrückte und die Tür aufschob.

Dann leuchtete er in den düsteren Keller hinein.

DER WEG IN DIE DUNKELHEIT

Der Kellerraum war riesig, in seinen Ausmaßen deutlich größer als das Häuschen darüber. Er hatte eine schwere, gewölbte Decke und war mit alten Möbeln und allerlei Gerümpel vollgestellt.

»Wow, da haben wir ja ganz schön zu tun«, stöhnte Philipp.

»Wahrscheinlich werden wir die ganze Nacht brauchen, um überall nachzusehen«, seufzte Regina. »Falls wir überhaupt fertig werden.«

»Wir müssen«, erklärte Philipp entschlossen und ging in den Keller hinein.

Auf den ersten Blick schien seit Jahren niemand mehr dort gewesen zu sein, doch dann entdeckte Regina Fußspuren in der dicken Staubschicht des rötlich gefliesten Bodens, die kreuz und quer durch den linken Teil des Raumes führten. Offenbar hatte man auch hier und da ein Möbelstück verrückt.

»Hier war schon jemand, und zwar erst vor Kurzem«, stellte nun auch Philipp mit angespannter Stimme fest.

Regina packte ohnmächtiger Zorn. Bisher war sie sich nicht sicher gewesen, ob sie Philipps Verdächtigungen Glauben schenken sollte. Aber nun hatte sie den Beweis. Nun wusste sie, was sie von Tobias zu halten hatte: Die Begeisterung für seine Arbeit, seine Freundlichkeit, sein Abenteurer-Charme und seine lausbubenhafte Fröhlichkeit – alles, was ihr an ihm so sympathisch gewesen war, hatte er nur vorgetäuscht.

»Ich muss nicht lange nachdenken, um zu erraten, wer das war«, knurrte sie abgrundtief enttäuscht.

Philipp nickte. »Aber Alexander hat wohl nur die linke Seite des Kellers durchsucht, denn in der rechten Hälfte sind kaum Fußspuren. Und so, wie es aussieht, hat er nichts gefunden.«

»Warum bist du dir da so sicher?«, hakte Regina nach.

»Den Spuren nach ist er nur einmal zurück zur Tür gegangen«, erklärte Philipp. »Wenn er Fundstücke hinausgetragen hätte, wäre er höchstwahrscheinlich mehrmals hin und her gelaufen.«

Er lehnte sich mit der Schulter gegen die Wand. »Bis eben habe ich mich noch darüber gewundert, dass sich das Vorhängeschloss so leicht öffnen ließ. Doch jetzt ist mir klar, dass Alexander es vor Kurzem schon aufgebrochen hat.«

Er warf ihr einen ratlosen Blick zu. »Was machen wir denn jetzt?«

»Sag bloß, du hast keinen Plan«, wunderte sich Regina.

Philipp lächelte schief. »Wie sollte ich? Schließlich bin ich erst auf unserem Spaziergang darauf gekommen, dass Antons vornehmer Neffe eine … hm … besondere Absicht verfolgen könnte.«

»Trotzdem müssen wir gezielt vorgehen.« Nachdenklich rieb Regina sich das Kinn.

Wenn sie nur nicht dieses beängstigende Gefühl gehabt hätte, dass ihnen jemand gefolgt war!

»Hast du eine Idee?«, fragte Philipp.

»Auf jeden Fall sollten wir zuerst die rechte Seite des Kellers durchsuchen. Auf der linken hat Alexander ja schon nachgeschaut.«

»Das liegt auf der Hand«, brummte er. »Fällt dir vielleicht sonst noch etwas ein?«

Regina zuckte die Schultern.

»Ich hatte halt auf einen Geistesblitz gehofft«, meinte Philipp und stieß sich von der Wand ab. »Lass uns einfach anfangen. Aber ich mache eben schnell die Kellertür zu, bevor uns noch jemand bemerkt.«

Systematisch schoben sie nun Körbe zur Seite, inspizierten Möbelstücke, schauten hinter Regale und hoben sogar volle Säcke hoch. Schon nach kurzer Zeit waren ihre Kleider schmutzig, ihre Kehlen trocken vor lauter Staub, und bald wusste Regina nicht mehr, wie viele Holzsplitter sie sich schon aus den Fingern gezogen hatte. Dann begann auch noch die Taschenlampe zu flackern.

»Oh nein!«, stöhnte sie.

»Keine Angst, ich habe Ersatzbatterien dabei«, beruhigte Philipp sie.

»Du denkst wirklich an alles«, lobte sie ihn erleichtert.

Dennoch wurde sie den Eindruck nicht los, dass sie jemand mit Argusaugen beobachtete.

Dabei gab sie sich alle Mühe, ihrer merkwürdigen Fantasie keine allzu große Aufmerksamkeit zu schenken. Sie versuchte, sich darauf zu konzentrieren, schmutzige Holzbohlen zur Seite zu schieben, große Blumentöpfe hochzuheben und verrostete Metallgegenstände zu verrücken.

»Na bravo«, seufzte sie, als sie dabei auf eine tote Ratte stieß.

»Du bist ganz schön tapfer«, bemerkte Philipp. »Manch andere Frau würde jetzt kreischend die Flucht ergreifen.«

»He! Wir leben nicht mehr in Großmutters Zeiten«, ermahnte sie ihn.

»Du glaubst nicht, was für Mimosen ich bei meiner Arbeit kennenlerne«, erwiderte er.

Sie schüttelte den Kopf und öffnete einen wurmstichigen Schrank. »Wo wir gerade von alten Zeiten reden: Hier hängen lauter lange Kleider, die mit Sicherheit von anno Tobak stammen. Wie muffig die riechen!«

Mit gerunzelter Stirn schob Philipp die historischen Fetzen in der Mitte auseinander und murmelte: »Es hilft ja nichts.« Dann reichte er ihr die Taschenlampe, bückte sich und schob seinen Oberkörper in den Schrank hinein.

Hoffentlich bekommt er noch Luft zwischen all den staubigen Klamotten, dachte Regina.

Dann zuckte sie erschrocken zusammen und fuhr herum, denn ihr schien, als hätten eiskalte Finger sie am Arm gestreift.

Aber da war niemand. Natürlich nicht.

Doch aus unerklärlichen Gründen hatte sie plötzlich das drängende Gefühl, unbedingt zu der dicken Säule gehen zu müssen, die das schwere Gewölbe in der Mitte des Kellers abstützte.

Da hörte sie ein leises Scharren hinter sich und richtete die Taschenlampe wieder auf den Schrank.

Philipps Kopf tauchte zwischen den Kleidern auf. Sein Gesicht war dunkelbraun vor lauter Schmutz, aber es schien ihm gut zu gehen.

Stöhnend zog er ein Taschentuch hervor und putzte sich die Nase. »So etwas möchte ich wirklich nicht jeden

Tag machen.« Er wischte sich mit dem Handrücken über sein Gesicht, was eine schmierige Schliere über seinem rechten Auge und der linken Wange hinterließ. »Leider habe ich nichts entdeckt, was uns irgendwie weiterhelfen könnte.«

Unruhig begann Regina von einem Fuß auf den anderen zu treten. Dabei sah sie wieder zu der Säule hinüber, und der Drang, der sie dorthin zog, wurde nun fast übermächtig.

»Das bringt uns doch alles nicht weiter«, stellte sie missmutig fest. »Wenn wir unser Vorgehen nicht bald ändern, werden wir hier nie fertig.«

Philipp steckte sein Taschentuch wieder ein. »Wenn du eine bessere Idee hast, nur zu!«

»Ich versuche es einfach mal dort hinten«, erklärte sie und richtete den Lichtstrahl auf die Säule.

Philipp runzelte die Stirn. »Warum ausgerechnet dort?«

»Warum nicht?«, erwiderte sie lapidar und marschierte los.

Philipp folgte ihr auf dem Fuße.

Direkt neben der Säule stand ein großes Fass. Ein riesiges Spinnennetz spannte sich von dessen Deckel bis hinauf zu der gewölbten Decke. Normalerweise hätte Regina sich vor Ekel geschüttelt. Nun aber konnte sie sich mit so etwas nicht aufhalten. Sie gab Philipp die Taschenlampe zurück, zerstörte mit einer schnellen Handbewegung das klebrige Gespinst, packte das Fass und versuchte, es zur Seite zu schieben.

Es war zwar groß, aber offenbar fast leer, denn sie konnte es recht gut von der Stelle bewegen. Und dann …

»Mein Gott!«, stieß Philipp hervor.

Auch Regina traute ihren Augen nicht: Vor ihren Füßen tat sich ein Loch im Boden auf. Es schien der Zugang zu einem Schacht zu sein.

Als Philipp hineinleuchtete, erkannte sie, dass es etwa zwei, drei Meter weit abwärts ging. Unten schien ein niedriger Gang zu beginnen.

»Das ist doch nicht etwa der geheime Tunnel«, flüsterte Regina fassungslos.

»Was soll es denn sonst sein?«, widersprach ihr Philipp, dessen Augen wieder so merkwürdig glitzerten. »Um ehrlich zu sein: Manchmal habe ich selbst nicht mehr so recht daran geglaubt, dass er existiert. Aber jetzt …« Er räusperte sich. »Wie bist du nur darauf gekommen, dass wir ausgerechnet hier nachsehen müssen?«

»Ich hab keine Ahnung, ehrlich!«, flunkerte sie. »Wahrscheinlich ist das Ganze einfach nur eine erfreuliche Folge meiner Ungeduld.«

Er warf ihr einen nachdenklichen Blick zu. Dann ließ er suchend das Licht seiner Taschenlampe durch den großen Keller gleiten.

»Da steht eine Leiter«, stellte er schließlich fest. »Die brauchen wir, um in den Schacht zu steigen.«

Zu zweit schleppten sie die Leiter zu dem Loch und ließen sie vorsichtig hinunter. Dann packte Regina die beiden oberen Enden, um hinunterzuklettern.

Aber Philipp legte ihr die Hand auf den Arm und sagte in einem bestimmenden Tonfall: »Ich gehe zuerst.«

»He! Ich habe den Zugang entdeckt«, erinnerte sie ihn entrüstet.

»Trotzdem«, widersprach er. »Wenn es da unten gefährlich ist, soll es mich zuerst treffen.«

»Wir leben nicht mehr im 19. Jahrhundert. Das habe ich dir eben schon mal gesagt«, widersprach sie ihm. »Außerdem: Was soll da unten denn so Furchtbares sein?«

»Das weiß man nie«, beharrte er. »Und ich will unter gar keinen Umständen, dass dir etwas passiert.«

War das wirklich der einzige Grund?, fragte sie sich, denn das Funkeln in seinen Augen war noch stärker geworden.

Andererseits … Die Entdeckung dieses Geheimgangs war Philipps Kindheitstraum. Eigentlich gab es auch keinen wichtigen Grund, sich ihm in den Weg zu stellen.

»Na gut, dann gehst du halt vor«, seufzte sie. »Aber wenn du glaubst, dass ich hier oben bleibe und brav darauf warte, dass der Held zurückkehrt, um mir von seinen Abenteuern zu berichten, hast du dich gründlich geirrt!«

Jetzt lachte er, dieses wunderbare, leise Lachen, das sie so an ihm liebte. »Wie kommst du denn darauf? Ich würde niemals ohne dich auf Abenteuerreise gehen.«

»Na, dann.« Regina kniete sich auf den kalten Fußboden und hielt die Leiter fest, damit er sicher hinuntersteigen konnte.

Die Taschenlampe zwischen den Zähnen kletterte Philipp langsam und vorsichtig den Schacht hinab. Während Regina ihn angespannt beobachtete, wurden ihre Hände so feucht, dass sie fürchtete, sie könnten von der Leiter abrutschen.

Ich muss mich besser konzentrieren!, ermahnte sie sich.

Doch das wollte ihr nicht gelingen – nicht nur, weil sie so aufgeregt war, sondern vielmehr, weil sie nun wieder den beängstigenden Eindruck hatte, jemand stünde hinter ihr. Er war ganz nahe, und er beugte sich zu ihr hinunter. Fast hatte sie das Gefühl, sie könne seinen Atem in ihrem Nacken spüren.

Sie begann zu zittern. Aber das lag bestimmt nur an der Kälte, die unbarmherzig von ihren Fußsohlen in ihren Oberkörper kroch.

Erschrocken fuhr sie zusammen, als Philipp ihr zurief: »Ich bin unten!«

Schnell schaute sie wieder in den Schacht.

Da war er. Im zuckenden Licht der Taschenlampe ahnte sie, dass er sich bückte. Ob er den Gang inspizierte?

»Da ist ein sehr enger Durchschlupf«, rief er ihr zu. »Ich muss erst mal meinen Mantel ausziehen, um auf die andere Seite schauen ...«

»Du wolltest mich doch nicht hier oben warten lassen. Also komme ich jetzt zu dir«, protestierte sie in der Hoffnung, nicht mehr lange in der unheimlichen Dunkelheit hocken zu müssen.

Doch Philipp hatte schon seinen Mantel auf den Boden gleiten lassen. Nun schob er seine Arme, dann seinen Oberkörper durch das Loch.

Gespannt hielt sie die Luft an, doch da richtete er sich schon wieder auf und sah zu ihr hoch.

»Alles klar!«, rief er. »Hinter dem Durchlass liegt ein langer Gang. Er ist so hoch, dass wir problemlos hindurchgehen können. Komm also ruhig runter. Ich halte solange die Leiter fest.«

So schnell es ging, kletterte sie die Leiter hinab.

»Dann los! Zwängen wir uns durch das Loch«, forderte er sie auf, als sie bei ihm angekommen war und richtete seine Taschenlampe auf die schmale, kreisrunde Öffnung.

Sie war wirklich eng, stellte Regina fest.

Doch da wurde es schon wieder dunkel, weil Philipp seine Arme und seinen Kopf durch das Loch gesteckt hatte. Er schnaufte heftig, und sie bekam einen Tritt gegen das Schienbein. Dann hatte er sich auf die andere Seite vorgearbeitet.

»Uff!«, keuchte er. »Das war gar nicht so einfach. Ich fürchte, du musst deine Jacke ausziehen, wenn du nicht steckenbleiben willst.«

»Alles klar.« Regina zog ihren Anorak aus und zwängte ihren Oberkörper durch die Öffnung.

Philipp packte ihre Hände und zog so kräftig daran, dass sie durch das Loch schrammte und unsanft auf dem Boden landete, der mit runden Natursteinen gepflastert war.

»Entschuldige! Alles in Ordnung?« Besorgt beugte er sich zu ihr hinunter.

»Geht schon«, erklärte sie und hockte sich hin, obwohl ihre Brust und ihr Bauch ziemlich weh taten.

Philipp nickte nur und leuchtete mit der Taschenlampe in den Tunnel hinein.

Der Gang war gerade mal so breit, dass zwei Leute nebeneinander hindurchgehen konnten. Im schwachen Licht der kleinen Taschenlampe konnte Regina nicht bis zu dessen Ende sehen, aber er schien auf seiner ganzen Länge mit den großen Natursteinen ausgelegt zu sein, mit denen sie soeben schmerzhaft Bekanntschaft gemacht hatte. In der rechten Wand, die aus hellen, groben Steinen gemauert war, erkannte sie eine kleine, halbrunde Nische. Wofür mochte die wohl gedacht gewesen sein?

Während sie weitergingen, sah sie in einiger Entfernung eine weitere Nische. Als sie diese erreicht hatten, legte sie prüfend ihre Hand hinein und fuhr mit den Fingern über den rauen Boden. »Da ist ja Wachs«, stellte sie fest. »Das hier muss so eine Art Kerzenhalter gewesen sein.«

»Ergibt Sinn, oder?«, meinte Philipp. »Früher haben die Leute ja auch Licht gebraucht. Überhaupt ist dieser Gang unglaublich durchdacht gebaut. Bis eben hätte ich mir nicht vorstellen können, dass es so etwas wirklich geben könnte.«

»Hast du eine Vorstellung davon, wie alt er ist?«, fragte sie ihn.

»Nicht wirklich«, gab er zu. »Aber ich vermute, dass er tatsächlich aus dem Mittelalter stammt. Vielleicht wurde er während der Ungarn-Einfälle gebaut. Die haben dieser Insel ja auch arg zugesetzt.«

»Ob er tatsächlich bis zur Herreninsel führt?«, überlegte sie laut.

Philipp sah sie mit seinen eigentümlich glitzernden Augen an. »Das werden wir heute bestimmt noch herausfinden.«

Regina lief ein Schauer über den Rücken. Sie war so gespannt wie selten in ihrem Leben. Aber ihr war auch klar, dass dieses Unternehmen gefährlich werden konnte.

»Sollten wir nicht besser zurückgehen und gleich morgen früh das Landesamt für Bodendenkmalpflege verständigen?«, schlug sie vor.

Philipps Schultern spannten sich an. »Auf gar keinen Fall! Erstens dürfen Alexander und dieser Tobias die Kunstschätze nicht doch noch vor uns finden. Und zweitens bin ich viel zu neugierig, um die Suche jetzt abzubrechen.«

Wir könnten den Eingang dieses Tunnels doch auch bis morgen früh bewachen, überlegte Regina.

War das, was sie gerade taten, vernünftig oder auch nur ansatzweise erlaubt?

Sie wusste es nicht. Außerdem war sie sich sicher, dass sie am kommenden Tag die Kunstobjekte mithilfe des Denkmalamts ohnehin finden würden, dann allerdings auf legalem Weg. Aber sie wollte Philipp nicht die Freude verderben. Und sie hatte auch keine Lust, in einem Gang tief unter der Erde mit ihm zu streiten. Darum tappte sie schweigend hinter ihm her.

Kurze Zeit später begann sie zu frieren. Schließlich trug sie nur einen Hoodie, ihre Sport-Leggins, dünne Söckchen und Turnschuhe. Philipp dagegen, der auch nur in Jeans und Sweatshirt unterwegs war, schien überhaupt nicht kalt zu sein. Oder war er so aufgeregt, dass er es gar nicht bemerkte?

Was für eine ungeheure Arbeit es gewesen sein musste, diesen Gang anzulegen, dachte sie. Und was mochte wohl über ihren Köpfen sein – die Fraueninsel oder schon die Fluten des Chiemsees? Wenn Letzteres der Fall war, konnte in diesem uralten Gang urplötzlich die Decke nachgeben, und in kurzer Zeit …

»Das gibt's doch nicht!« Philipps Stimme riss sie aus ihren angstvollen Gedanken. Er war stehen geblieben, und seine Lampe erleuchtete eine massive Wand, die vor ihnen den Tunnel versperrte.

»Oh nein«, murmelte sie enttäuscht.

Ungeduldig ließ er das Licht über die Mauer gleiten, dann entfuhr ihm ein überraschtes »Na so was!«

In der Höhe ihrer Knie war wieder ein Durchlass in der Wand.

»Es geht weiter. Gott sei Dank!«, seufzte Regina erleichtert.

Philipp schien derart versessen auf die sagenhaften Kunstschätze zu sein, dass er vielleicht die Nerven verlieren würde, wenn sie sich doch nur als illusorischer Kindertraum erweisen würden.

Neugierig trat Regina näher heran und sah sich das Loch genauer an. Wieder war es fast kreisrund und sehr eng.

»Ich wette, dieser Gang sollte die Bewohner der Frauen-insel wirklich vor Überfällen schützen«, bemerkte sie.

»Das glaube ich auch«, erwiderte Philipp. »Allein schon diese Durchlässe! Wenn ein Feind versucht hätte, sich dort hindurchzuzwängen, hätte ihm ein Verteidiger von der anderen Seite aus problemlos den Kopf abschlagen können. Und dann dem Nächsten und dem Übernächsten auch.«

Er ging in die Knie und schob sich mühevoll durch das Loch. Sie wollte ihm folgen, doch leider waren ihr auf der anderen Seite seine Beine im Weg und sie stupste ihn ungeduldig mit dem Finger am Unterschenkel an. »Machst du mir bitte Platz?«

»Oh, ja, natürlich, Entschuldigung!«

Warum klang seine Stimme nur so heiser und gepresst?

Regina ging in die Knie, und er zog sie wieder durch das Loch, vorsichtiger diesmal.

Noch bevor sie aufgestanden war, sah sie, was seine Aufmerksamkeit auf sich gezogen hatte: Nur drei oder vier Schritte von ihnen entfernt befand sich auf der rechten Seite des Tunnels eine mannshohe Öffnung.

»Nun komm erst mal auf die Beine!«, forderte Philipp sie auf und hielt ihr die Hand hin. Als sie stand, marschierte er mit so eiligen Schritten voran, dass er auf dem unebenen Boden beinahe ausgerutscht wäre.

»Besser, du passt auf«, ermahnte sie ihn. »Wenn du dir auf diesen harten Steinen die Knochen brichst, kommen wir garantiert nicht mehr weiter.«

Er warf ihr nur einen flammenden Blick zu. Dann erleuchtete seine Taschenlampe das etwa zwei Meter breite Tor.

Dahinter öffnete sich eine kleine, halbrunde Kammer. »Schau mal, dort gibt es sogar gemauerte Sitzbänke!«, rief Regina begeistert aus. »Nischen für Kerzen sind auch da. Bestimmt haben sich die Nonnen und die Frauen und Kinder der Inselbewohner hier versteckt.«

»Nur von dem, was wir suchen, ist leider nichts zu sehen«, knurrte Philipp frustriert.

»Der Tunnel ist ja auch noch nicht zu Ende«, tröstete Regina ihn.

Er zuckte nur die Achseln, drehte sich um und ging eilig weiter.

Schade, dachte sie. Sie hätte sich dort gerne noch etwas genauer umgesehen.

Bald stießen sie auf den nächsten Raum. Erneut war er fast rund und mit Sitzbänken und Nischen für Kerzenlicht ausgestattet. Und wieder war er leer.

Diesmal sagte Philipp nichts. Aber sie konnte ihm seine Enttäuschung ansehen.

Warum war er nur so ungeduldig?, fragte sie sich. Das hier war mit Sicherheit eines der beeindruckendsten Erlebnisse ihres Lebens und fraglos schon jetzt ein riesengroßes Abenteuer. Ihr persönlich was es fast schon egal, ob sie die Kunstschätze fanden oder nicht.

Sie stießen auf weitere Kammern, fanden aber nicht einmal einen alten Tonkrug oder ein verrostetes Messer.

Die ganze Zeit über sprach Philipp kein einziges Wort. Äußerlich wirkte er zwar einigermaßen ruhig, dennoch lag eine eigenartige Stimmung in der Luft, eine Mischung aus kaum beherrschbarer Ungeduld und wachsendem Zorn. Sie ging eindeutig von ihm aus.

Inzwischen fror Regina fürchterlich. Ihr Wunsch, umzukehren und in ihre warme Jacke zu schlüpfen, wurde trotz ihrer Neugierde immer größer. Und sie fragte sich, warum Philipp in dieser merkwürdig schlechten Stimmung war. Dennoch schwieg sie weiter, denn sie wusste nicht, wie er reagieren würde, wenn sie ihn danach fragte. War dieser ruhige, freundliche Mann tatsächlich dazu fähig, wegen eines geplatzten Kindheitstraums die Beherrschung zu verlieren?

Nach einiger Zeit standen sie wieder vor einer massiven Wand mit einem schmalen Durchlass.

Regina seufzte leise. Doch Philipp drückte ihr die Taschenlampe in die Hand und meinte nur: »Was sein muss, das muss sein.«

Dann ging er mit unvorsichtig eiligen Schritten auf das Loch zu.

Sie hatten nun ja schon ein wenig Übung und gelangten recht schnell hindurch.

Philipp war ihr ein bisschen vorausgegangen. Erst, als sie zu ihm aufschloss, erkannte sie, dass in wenigen Metern Entfernung schon wieder eine Wand war. Aber die besaß ein offenes Tor.

Nun war Philipp nicht mehr zu halten, und Regina folge ihm, so schnell sie konnte. Dann …

Sie hielt den Atem an und wusste nicht, was sie sagen oder auch nur denken sollte. Denn in dem Raum, an dessen Schwelle sie nun standen, türmte sich in einer Nische ein kleiner Berg aus goldschimmernden Schmuckstücken: runde, mit roten und grünen Edelsteinen besetzte Broschen, von Juwelen glänzende Diademe und Armreife, Ketten mit filigranen Anhängern, gold- und silberdurchwirkte Stoffe.

»Der Schatz der Fürstin Liutberga«, murmelte Philipp ergriffen.

Das war doch Herzog Tassilos Ehefrau, dachte Regina überrascht. Wenn diese wundervollen Schmuckstücke wirklich ihr gehört hatten, mussten sie über 1200 Jahre alt sein.

Aber nein. Sie konnte beim besten Willen nicht glauben, dass sie diese lange Zeit in einer solchen Menge unbeschädigt überdauert haben konnten.

»Woher willst du wissen, wem das alles gehört hat?«, fragte sie.

Doch Philipp starrte weiter schweigend auf die schimmernden Schmuckstücke.

Sie dagegen hatte noch etwas anderes entdeckt: Etwa drei Meter vor der Nische mit den Schätzen hatte jemand einen etwa vierzig Zentimeter langen Holzstab zwischen den Pflastersteinen in die Erde gerammt. Auf dessen Spitze steckte eine fremdartig wirkende Figur, die einen sitzenden Mann darstellte. Möglich, dass er aus inzwischen vergilbtem Elfenbein geschnitzt war, vielleicht bestand er aber auch aus Knochen. Jedenfalls hatte die Figur die gleichen unnatürlich großen Augen und den gleichen weisen, entrückten Ausdruck wie die Gesichter am Eingangstor des Inselmünsters. Sie zog Regina wie magisch an.

Langsam trat sie näher und musterte die kleine Statue: ihren wissenden Blick, die markante Nase, den dichten Bart, die schulterlangen Haare und die Hände, die in beinahe nachdenklicher Haltung auf seinen Knien lagen.

Behutsam, ja beinahe zärtlich strich sie mit ihrem Zeigefinger über den Kopf des Mannes. Dabei fiel ihr etwas auf: Am Fuß des Stabes lag ein zusammengefaltetes Pergament, das mit einem ledernen Band an ihm festgebunden war. Dort steht vielleicht geschrieben, wem diese herrlichen Kunstwerke wirklich gehört haben, dachte sie und bückte sich, um es an sich zu nehmen. Als sie das Lederband öffnen wollte, zerfiel es. Aber das Pergament war robust und nahm keinen Schaden, als sie es vorsichtig aufhob und in die rechte Tasche ihres Hoodies schob. Dann sah sie noch einmal zu Philipp hinüber.

Er kniete vor den Schmuckstücken, nahm eines nach dem anderen in die Hand und betrachtete die Kostbarkeiten schweigend.

Ob sie zu ihm gehen sollte?

Noch einmal sah sie auf den geschnitzten Mann hinunter.

Sie hatte das Gefühl, dass er eine Brücke schlug zwischen ihr und den Menschen, die ihn vor vielen Jahrhunderten in ihren Händen gehalten hatten. Aus unerfindlichen Gründen schien sie ihn schon sehr lange zu kennen.

»Kommst du bitte mal her?«, fragte Philipp mit rauer Stimme.

»Gerne«, erklärte sie, froh, dass er ihr endlich wieder Beachtung schenkte, und ging zu ihm hinüber. Aber zuvor nahm sie, ohne lange nachzudenken, die Figur von dem Stab, steckte sie zu dem Pergament in ihren Hoodie und zog den Reißverschluss zu.

Eine Weile lang blieb sie neben Philipp stehen und bewunderte an seiner Seite die glänzenden Schmuckstücke, bis er sich wieder erhob.

Regina wurde steif vor Entsetzen. Denn sie schaute in das Gesicht eines Menschen, den sie noch nie zuvor gesehen hatte. Seine Augen brannten vor unendlicher Habgier, Fanatismus und ... Irrsinn?

»Wer ... bist du?«, stotterte sie fassungslos

»Ich bin der Richtige«, antwortete er. Sogar seine Stimme klang merkwürdig fremd.

Verwirrt starrte sie ihn an.

»Ja, das bin ich wirklich«, beteuerte er. »Denn ich bin genauso ein Neffe des Wächters wie mein Halbbruder Alexander. Nur war meine Mutter leider, leider nie mit unserem Vater verheiratet. Und das haben sie mich immer spüren lassen, diese verdammten Grubners. Dabei bin ich derjenige, der zur Nachfolge meines Onkels Anton berufen ist. Doch sogar der hat mir das nicht geglaubt. Er wollte mir nicht einmal verraten, wo der Eingang zu diesem geheimen Gang liegt.«

Dann begann er zu schreien: »Jahrzehntelang habe ich mit ihm diskutiert, ihn gebeten, ihn regelrecht angefleht!«

Er ist tatsächlich verrückt, erkannte Regina fassungslos. Und ich habe mich in ihn verliebt …

Nun schossen seine Augen regelrecht Blitze! Aber seine Stimme wurde wieder leiser, als er fortfuhr: »Nachdem mein Vater gestorben war, kam für mich endlich die Zeit, um den Platz einzunehmen, für den ich auserwählt bin. Anfangs hatte ich noch die Hoffnung, dass ich die Sache friedlich regeln könnte. Mehrmals habe ich Strohmänner losgeschickt, die meinem Onkel seine armselige Hütte abkaufen sollten. Denn wenigstens haben mir die Grubners anstandslos meinen Pflichtteil am Erbe ausgezahlt, und nun bin ich ein wohlhabender Mann. Am vergangenen Freitag hat noch einmal jemand in meinem Auftrag mit dem sturen Greis gesprochen. Einen horrenden Betrag hat er ihm für seine Bruchbude geboten. Doch auch das hat nichts geholfen, der Alte ist sogar wütend geworden.«

Er hat doch nicht etwa …?, überlegte Regina. Aber nein, das war einfach nicht möglich!

Philipps Gesicht war dunkelrot angelaufen; seine schmalen Lippen verzogen sich zu einem diabolischen Lächeln. »Alle Chancen habe ich meinem Onkel gegeben, doch der Dummkopf hat sie ausgeschlagen. Da blieb mir nichts anderes übrig, als ihn zu beseitigen.«

Tatsächlich, er hat den alten Anton umgebracht, durchfuhr es Regina, und ihre Hände begannen zu zittern.

Er jedoch fuhr in einem triumphierenden Tonfall fort: »Ich bin schließlich Arzt und wusste also, was ich zu tun hatte.

Als mein Stellvertreter gegangen war, habe ich gewartet, bis mein Onkel zur Toilette ging. Dann habe ich ihm unbemerkt etwas in sein Bier geschüttet, was dafür gesorgt hat, dass ihm schlecht wurde. Deshalb haben die Gäste im Wirtshaus geglaubt, er sei betrunken, als er aus dem Raum wankte. Ich habe in der Dunkelheit auf ihn gewartet, meine Stimme verstellt und so getan, als wolle ich ihm helfen. In Wirklichkeit habe ich ihn an eine einsame Stelle am Seeufer geführt. Da war er kaum noch bei Bewusstsein, er konnte nicht einmal mehr alleine stehen. Also brauchte ich ihm nur noch einen Schubs zu geben und ...«

Regina schlug die Hände vors Gesicht.

Doch Philipp erklärte fast genüsslich: »Bei der Obduktion wird man das Mittel nicht nachweisen können. Und weil der Alte am Ende wirklich ertrunken ist, hat er jede Menge Wasser in den Lungen. Außerdem gibt es an seinem Körper nirgendwo Hämatome oder andere Spuren eines Kampfes. Niemand wird herausfinden, dass er umgebracht wurde. Tja, das war's mit Anton Grubner, dem Wächter des sagenhaften Geheimganges auf der Fraueninsel.«

Er war tatsächlich auch noch stolz auf sein Verbrechen, erkannte Regina voller Abscheu.

Zu ihrem Schrecken begann sich ein seliges Lächeln über Philipps Gesicht zu ziehen. »Nun werde ich nicht meinem halsstarrigen Onkel, sondern meinem Halbbruder das Häuschen abkaufen. Das dürfte nicht allzu schwer sein, denn Alexander hat ja nie an die Existenz dieses Geheimganges geglaubt. Und er tut es bis heute nicht. Sein lieber Freund, der ach so wissenschaftlich denkende Tobias Hofrichter, hat ihm das ausgeredet. Und dann werde ich endlich das Amt einnehmen, das das Schicksal für mich bestimmt hat: Ich werde der neue Wächter sein! Niemals wird jemand erfahren, dass es den sagenumwobenen Schatz auf der Fraueninsel wirklich gibt.«

Das irre Glitzern in seinen Augen wurde wieder zu einer lodernden Flamme, und er grinste teuflisch. »Du, liebe Regina, hast deine Aufgabe nun erfüllt.«

Wovon redet er?, fragte sie sich, und Panik stieg in ihr auf.

»Du kennst nun mein Geheimnis«, verkündete er beinahe feierlich. »Darum musst du den gleichen Weg wie Onkel Anton gehen.«

Sie wollte schreien, wollte zurückweichen, fliehen, aber ihre Kehle war staubtrocken und ihre Knie drohten nachzugeben.

Da nahm seine Stimme wieder den weichen, warmen Ton an, den sie so an ihm geliebt hatte. »Aber Regina, du brauchst dich nicht zu fürchten. Ich werde deinen schönen Körper nicht verletzen. Und du wirst würdevoll ruhen: in einer der Kammern, ganz nahe bei Fürstin Liutbergas Schatz. Die Luft hier unten ist sehr trocken, sonst wären die herrlichen Stoffe längst zerfallen. Darum wirst auch du nicht verwesen. All die Jahre und Jahrhunderte, die auf diesen Tag folgen, wirst du fortbestehen. Mein Leben lang werde ich dich bewachen. Und jeden Tag werde ich dir Blumen bringen.«

Während er redete, hatte er sie keine Sekunde lang aus den Augen gelassen, aber er hatte die Taschenlampe ganz beiläufig in eine der Lichtnischen in der Wand gelegt. Nun streckte er seine Hände aus ...

Die Todesangst gab ihr endlich die Kraft, sich zu bewegen. Sie wankte zurück, so gut es ihre zittrigen Beine zuließen, doch er ging unerbittlich auf sie zu. Dann spürte sie seine Hände um ihren Hals. Er drückte zu.

Panisch versuchte sie sich loszureißen, schlug um sich und wand sich, stieß mit dem Fuß gegen den die aufgehäuften

Kunstschätze, bekam etwas Dickes, Rundes zu fassen, riss es hoch und schlug damit auf ihn ein.

Mit einem Aufschrei ließ er sie los. Doch ehe sie richtig Luft holen konnte, traf seine Faust sie so heftig am Kopf, dass ihr für einen Moment schwarz vor Augen wurde. Das schwere Objekt glitt ihr aus der Hand, grob riss er sie an sich und drückte ihr wieder die Kehle zu. Verzweifelt rang sie nach Atem, tastete den Boden in ihrer Reichweite ab … Doch da war nichts.

Das Gefühl, nicht atmen zu können, wurde zu einer unerträglichen Folter. Sie konnte das verzweifelte Gurgeln hören, das aus ihrer eigenen Kehle kam.

Ihr wurde schwindelig.

Ihre Bewegungen wurden langsamer.

Dann ihre Gedanken.

Aus halb geöffneten Augen glaubte sie hinter Philipp die verschwommenen Umrisse eines gebeugten Mannes zu sehen. Unhörbar und unendlich langsam schwebte er auf sie zu.

AN DER SCHWELLE DES TODES

Sie konnte wieder atmen. Krampfhaft rang sie nach Luft, spürte, wie ihre Lungen sich füllten.

Aber … sie war woanders!

Sie kniete auf einer blütenübersäten Wiese, vor ihr lag die blaue Wasserfläche des Chiemsees. Ungläubig spürte sie, wie warmer Wind durch ihre Haare und über ihr Gesicht streifte.

Hinter sich hörte sie leise Stimmen und wandte den Kopf.

Zwei Frauen spazierten auf sie zu. Eine trug ein langes, blaues Kleid und einen weiten, hellbraunen Umhang. Sie schien etwas wackelig auf den Beinen zu sein, denn sie stützte sich auf den Arm ihrer Begleiterin, einer Nonne in schwarzem Habit.

Hinter den beiden lag ein Hügel, auf dem eine hohe, graue Mauer stand. Hinter ihr konnte Regina die Dächer der grauen Gebäude sehen, die in ihrern Träumen zwischen der Kirche und der Torhalle des Klosters Frauenwörth gewesen waren. Nun erst begriff sie, dass sie wieder dort war, in jener anderen Zeit.

Werde ich diesmal für immer bleiben müssen?, fragte sie sich ängstlich, denn ihr war bewusst, dass sie in jenem düsteren, einsamen Tunnel unter der Erde erstickt sein musste.

Der Gedanke jagte ihr einen Schrecken ein, mit wild pochendem Herzen rang sie um Fassung.

»… ist für mich wie ein Zeichen des Himmels«, hörte sie die Frau im blauen Kleid sagen. »Nun kann ich wieder daran glauben, dass Gott uns doch nicht verlassen hat.«

Die beiden Frauen waren Regina nun so nahegekommen, dass sie erkannte, wen sie vor sich hatte: Es waren Schwester Bertrada, die Äbtissin von Frauenwörth, und Herzogin Liutberga.

Wie blass und erschöpft die Fürstin aussah, fast so, als wäre sie krank.

Sechs bewaffnete Leibwächter traten aus dem Schatten der Bäume, die am Fuß des Hügels standen. Sie hatten ihre rechte Hand am Schwertgriff und sahen sich immer wieder prüfend um.

Regina wunderte sich nicht mehr, dass die Männer sie ebenso wenig beachteten, wie es die Fürstin und ihre Begleiterin taten. Die Angst, wie ein körperloser Schatten in dieser eigenartigen Traumwelt gefangen zu bleiben, grub sich erbarmungslos in ihre Seele.

Inzwischen waren die Herzogin und die Nonne am Ufer des Chiemsees angekommen und blieben wenige Schritte von ihr entfernt stehen.

»Gott verlässt niemanden, Herrin«, wendete die Äbtissin ein. »Das dürft Ihr niemals vergessen, nicht einmal in Zeiten wie diesen.«

Nachdenklich schaute Liutberga auf das glitzernde Wasser. Dann antwortete sie: »Ihr habt sicher recht, auch wenn mein Mann und ich in den vergangenen Monaten nur schwer daran glauben konnten. Ich bin Euch, allen Bewohnern dieser Insel und den Menschen in den Dörfern rund um den Chiemsee unendlich dankbar dafür, dass ihr mich und die vielen Soldaten, die Tassilo mir zu meinem Schutz geschickt hat, ohne Murren mit Nahrung versorgt habt. Ich habe ja den ganzen Winter über die Gastfreundschaft Eures Klosters in Anspruch genommen.«

Die Mutter Oberin lächelte. »Auch bei mir hat sich niemand beklagt. Im Gegenteil: Mir wurde immer wieder gesagt, man sei von ganzem Herzen bereit, Euch nach Kräften zu unterstützen. Die Menschen wussten doch, dass Ihr hierher gekommen seid, weil ihr einen schlimmen Schicksalsschlag verkraften musstet. Außerdem habt Ihr keine überzogenen Forderungen an die Einheimischen gestellt, sondern für Euch und Eure Leute zusätzliche Lieferungen aus anderen Teilen Bayerns kommen lassen.«

Die Herzogin nickte. »Die Menschen hier sollten keine Not leiden. Tassilo und ich wollten auf keinen Fall, dass wegen der abscheulichen Taten König Karls neue Untaten durch uns geschehen.«

»Nun hat Gott Euer gerechtes Handeln offenbar belohnt«, urteilte die Oberin.

Bei ihren Worten breitete sich ein seliges Lächeln auf dem Gesicht der Herzogin aus. »Ja, jetzt habe ich wieder Mut gefasst, ebenso wie mein geliebter Tassilo vor wenigen Wochen: Als er zum Reichstag nach Ingelheim aufbrach, war er beinahe glücklich, weil er hoffte, dort unseren geliebten kleinen Theodo wiederzusehen. Auch ich bin sehr gespannt, wie es unserem Sohn an Karls Hof ergangen ist.«

Regina schluckte. Herzogin Liutberga und ihr Mann taten ihr unendlich leid. Aber sie war auch ein wenig erleichtert, denn immerhin wusste sie nun, dass Tassilo seine schwere Verwundung und den starken Blutverlust überlebt hatte.

»Überhaupt kann ich kaum erwarten, dass Tassilo wieder zu mir zurückkommt«, fuhr Liutberga fort. »Wie sehr wird er sich über dieses … dieses kleine Wunder freuen, das sich für uns beide hier ereignet hat!«

»Das wird er gewiss, Herrin«, stimmte ihr die Mutter Oberin zu. »Und wer weiß, was er in Ingelheim an Neuem erfahren wird. Ein Reichstag ist so ein bedeutendes Ereignis! Immerhin kommen dort die Fürsten, Äbte und Bischöfe aus allen Teilen des riesigen fränkischen Reiches zusammen. Außerdem habe ich wahre Wunderdinge von der großen Königshalle und dem kunstvollen Säulengang der Pfalz zu Ingelheim gehört!«

»Mein Mann wird Euch bestimmt davon erzählen, wenn er die Fraueninsel wieder besucht«, versicherte ihr die Fürstin. »Vor allem aber hoffe ich inständig, dass es unserem Theodo gut geht! Wer weiß, vielleicht kann Tassilo ja mit Karl über einen Zeitpunkt verhandeln, an dem wir unseren Sohn zurückbekommen.«

Traurig sah die Äbtissin sie an. »Ich fürchte, da macht Ihr Euch Illusionen. So schnell wird der fränkische König darüber nicht mit sich reden lassen.«

Die Herzogin wiegte den Kopf. »Immerhin haben wir über den Winter den Frieden gewahrt und uns so verhalten, wie es von Gefolgsleuten des Königs der Franken erwartet wird – trotz allem, was er uns angetan hat. Tassilo ist ja auch nach Ingelheim gereist, wie es die Pflicht eines königlichen Lehensmannes ist.«

Die Nonne seufzte. »Ihr wisst, dass Karl niemandem vertraut. Denn er kennt sich selbst, und in seinem tiefsten

Inneren glaubt er, dass alle Menschen genauso wären wie er selbst.«

Liutberga presste die Lippen zusammen. »Ich danke Euch für Eure Ehrlichkeit. Aber ich kann und ich werde die Hoffnung nicht aufgeben.«

»Gott segne Euch für Eure Tapferkeit, Herrin«, sagte die Äbtissin. »Und für Eure Liebe zu Eurer Familie.«

Der entsetzte Schrei einer Frau drang von Weitem zum Ufer herüber, dann erklang der tiefe, langgezogene Ton eines Horns.

»Das ist eine Warnung!«, stieß die Oberin entsetzt hervor.

»Bringt ihn in Sicherheit, Mutter Bertrada, auf der Stelle!«, befahl die Fürstin.

Sofort raffte die Nonne ihren Rock und rannte den Hügel hinauf, so schnell ihre Beine sie tragen konnten. Und die Leibwächter gingen mit gezogenen Schwertern auf ihre Herzogin zu.

»Schnell, Herrin!«, forderte ein dunkelblonder Soldat sie auf. »Ihr müsst Euch verstecken! Oder besser noch: Wir bringen Euch von hier fort.«

Die Fürstin sah ihn mit strengem Blick an. »Nein, Clodwig. Wer auch immer diese Insel überfällt, ist wahrscheinlich hinter mir her. Wenn man mich nicht sofort findet, wird man nach mir suchen. Und die Gefahr, dass man dann ihn statt meiner findet, ist viel zu groß. Außerdem brauchen die unschuldigen Bewohner dieser Insel unseren Schutz. Darum: Sammle deine Männer und eile den bedrohten Leuten zu Hilfe!«

Verdutzt blieb der Mann stehen. »Aber meine Fürstin, Euer Herr Gemahl würde …«

»Tut gefälligst, was ich Euch gesagt habe«, befahl sie in strengem Ton.

Ratlos strich Clodwig sich mit der linken Hand über den langen Schnurrbart. »Jawohl«, murmelte er dann, machte eine leichte Verbeugung und sagte zu seinen Leuten: »Ihr habt gehört, was die Herzogin uns aufgetragen hat.«

Nur zwei Männer blieben bei Liutberga, alle übrigen rannten los. Die Herzogin dagegen blieb stehen; vielleicht musste sie sich sammeln, oder sie wollte kurz nachdenken. Dann ging sie mit geradem Rücken und erstaunlich starken Schritten hinter ihren Soldaten her, flankiert von den beiden Leibwächtern. Nichts deutete jetzt noch darauf hin, dass es ihr nicht gut ging.

Eilig kam Regina auf die Beine und lief hinter ihr her.

Als sie den Hügel umrundet hatte, blieb sie erschrocken stehen: Auf dem Festland, am anderen Ufer des Chiemsees, schienen Häuser in Flammen zu stehen. Gleich drei große, schnelle Schiffe hielten mit geblähten Segeln auf die Fraueninsel zu. Sie waren voller bewaffneter Männer.

Die Soldaten der Herzogin dagegen waren höchstens vierzig an der Zahl. Dennoch nahmen sie mit gezogenen Schwertern in zwei Reihen hintereinander Aufstellung. Hinter ihnen sammelten sich die Inselbewohner, Männer und Frauen, mit Mistgabeln und Sicheln in den Händen.

Sie wollen ihre Herzogin mit ihrem Leben verteidigen, dachte Regina bewegt.

Doch auch mit der Hilfe dieser einfachen Leute hatten Liutbergas Krieger nicht die geringste Chance gegen die Masse der Eindringlinge, die auf die Insel zugesegelt kamen.

Einige alte Leute, Kinder und zwei hochschwangere Frauen hatten sich aus der Gruppe gelöst und gingen im Eiltempo auf das Kloster zu.

»Herrin, Ihr müsst Euch in Sicherheit bringen! Die Feinde scheinen Eure Schutzgarnison am anderen Ufer bereits im Handstreich überwältigt zu haben. Und sie sind in erschreckender Überzahl«, ermahnte einer der beiden Leibwächter die Fürstin, die nicht weit von Regina entfernt angehalten hatte und das Geschehen beobachtete.

»Das wäre der größte Fehler, den wir begehen könnten. Glaube mir, Liofric«, widersprach sie mit bewundernswert ruhiger Stimme. Dann setzte sie sich wieder in Bewegung.

»Gott gebe, dass Ihr Recht habt, Herrin«, knurrte der zwischen zusammengebissenen Zähnen und ging hinter ihr her.

Die Boote glitten ans Ufer. Noch während die Anker heruntergelassen wurden, sprangen die ersten Bewaffneten von Bord.

Das mussten weit mehr als hundert Männer sein, stellte Regina fest, während die Soldaten sich bis zu den Knien im Wasser stehend in Angriffsformation aufstellten.

Ohne Vorwarnung gingen sie zum Angriff über. Die Männer der Herzogin hatten einen Schildwall gebildet; hinter ihnen standen die Inselbewohner und warfen Steine auf die Gegner. Tatsächlich gingen anfangs manche Angreifer zu Boden, doch dann prallte die schiere Masse der Eindringlinge auf das Häuflein Verteidiger. Waffen klirrten, Menschen schrien, Blut spritzte … und der Schildwall brach in der Mitte auseinander. Johlend drängten die Angreifer in die Lücke; wie eine unaufhaltsame Wasserflut strömten sie über die am Boden liegenden Verwundeten hinweg.

Die Herzogin stand immer noch da, aufrecht und ruhig wie ein Fels vor der auflaufenden Brandung, während ihre beiden Leibwächter neben ihr Aufstellung nahmen, um sie mit ihren Schilden zu schützen.

Doch die Feinde bremsten wie auf einen unhörbaren Befehl vor der Herzogin ab. Es wurde still; nur die Schreie und das Stöhnen der Verwundeten waren noch zu hören.

Nun erst wurde Regina klar, dass die Waffen, ja sogar die Körper der Fremden über und über von Blut bedeckt waren. Dennoch zeigte das Gesicht der Herzogin keine Angst, nur Zorn und grenzenlose Verachtung.

»Gibt es jemanden, der diese Meute von Totschlägern anführt?«, fragte sie laut. »Dann trete er vor!«

Tatsächlich löste sich ein Mann aus der Gruppe der vorderen Männer. Sein Gesicht war von allmählich trocknendem Blut verklebt, nur seine Augen leuchteten weiß aus der verkrustenden Schmiere. Dennoch erkannte Regina an seiner enormen Größe und dem langen, schwarzen Bart sofort, dass es der brutale Chrodegang war.

Ein eisiger Schauer lief ihr über den Rücken, und ihre Hände ballten sich zu Fäusten.

»Wer seid Ihr? Und was wollt Ihr hier?«, fragte die Fürstin mit schneidender Stimme.

»Ich bin Chrodegang, der Sohn des Chlodowech.« Er machte eine tiefe Verbeugung, und als er fortfuhr, blitzten die hellen Flecken, die seine Augen waren, bösartig auf. »Mein Herr, der große König Karl, gab mir den Auftrag, Euch nach Ingelheim zu geleiten.«

Die Herzogin runzelte die Stirn. »Ihr lügt! Ich habe kein Unrecht getan. Warum also sollte mich der König der Franken mit brutaler Waffengewalt von hier wegholen lassen? Also: Wer hat Euch wirklich geschickt?«

Chrodegang setzte sich in Bewegung und blieb vor der Fürstin und ihren Leibwächtern stehen. Er verbeugte sich noch einmal besonders tief und zog mit seiner rechten Hand ein zusammengefaltetes, versiegeltes Pergament aus einer Ledertasche an seinem Gürtel.

Mit spitzen Fingern nahm die Fürstin es entgegen, warf einen kurzen Blick darauf – und erblasste.

»Es trägt tatsächlich das Siegel König Karls«, murmelte sie, öffnete das Dokument und las es durch. Dann ließ sie es achtlos zu Boden fallen. »Der König befiehlt mir tatsächlich, sofort meine Sachen zu packen und nach Ingelheim zu reisen. Aber ich wiederhole: Er hat mir nichts, aber auch gar nichts vorzuwerfen. Darum hat er nicht einmal als König das Recht, das von mir zu verlangen. Ich werde daher nicht mit Euch kommen.«

Der schwarzbärtige Anführer kehrte zu seinen Männern zurück und erteilte ihnen einen Befehl, woraufhin unter seinen Soldaten sofort Bewegung entstand. Einer von ihnen reichte Chrodegang etwas Rundes, Schweres, das Regina erst erkannte, als der Anführer es hochhielt.

Dennoch musste sie zweimal hinschauen, weil sie nicht glauben konnte, was sie da sah. Es war der abgehackte Kopf eines Menschen. Chrodegang hielt ihn an seinem verschmierten, dunkelblonden Schopf in die Höhe. Die leblosen Augen des Toten waren weit aufgerissen, und von seinem langen Schnurrbart tropfte noch Blut.

»Clothar. Oh Gott!«, murmelt Liutberga tonlos.

»Edle Fürstin«, verkündete der Schwarzbärtige genüsslich, »wir sind mit fast zweihundert Kriegern hierher gekommen, haben Eure Soldaten am anderen Ufer des Chiemsees niedergemacht und stehen nun hier auf der Fraueninsel. Wie Ihr seht, hatten die paar wenigen Männer Eurer armseligen Leibwache nicht die geringste Chance gegen uns. Jetzt liegen sie tot am Ufer, oder sie sind im Begriff zu sterben. Denn meine Männer schlachten sie gerade ab. Alle. Ohne Ausnahme.«

Die Herzogin schwankte ein wenig. »Dennoch hat der König nicht den geringsten Anlass, mich auf den Reichstag einzubestellen. Aus diesem Grund werde ich nicht nach

Ingelheim gehen, weder mit noch ohne Euch. Eher werde auch ich sterben.«

Karls Anführer grinste so breit, dass in seinem blutverkrusteten Gesicht die gelben Zähne sichtbar wurden. »Tut, wie Euch beliebt, Herrin. Aber in diesem Fall müsst Ihr damit rechnen, dass Euch nicht nur Eure Krieger, sondern auch Eure Diener, die Nonnen von Frauenwörth und sämtliche Bewohner dieser Insel in den Tod folgen werden.«

Liutberga atmete tief durch. Dann erklärte sie: »Nun gut. Bevor noch mehr Unschuldige sterben, werde ich dem widerrechtlichen Befehl des Königs Folge leisten. Ich hoffe, Ihr besitzt wenigstens genug Anstand, mir eine angemessene Zeit zum Packen zu gewähren.«

Chrodegang zuckte die Achseln. »Wie Ihr wünscht, Herrin. Allerdings werden Euch von nun an zehn meiner Männer auf Schritt und Tritt begleiten.«

Von einer Sekunde zur anderen wirkte die Fürstin wieder schwach und erschöpft. Tränen schimmerten in ihren Augen.

Was hatte König Karl mit ihr vor – und mit Herzog Tassilo und ihrem kleinen Sohn Theodo?, fragte sich Regina angstvoll.

Im nächsten Moment erschrak sie maßlos, denn sie spürte wieder den Sog, der sie unerbittlich mit sich fortzog. Als sie zuerst den Boden unter den Füßen und dann die Orientierung verlor, hörte sie noch einmal, wie die verzweifelte Stimme ihren Namen rief. Doch diesmal konnte Regina sie erkennen: Es war niemand anders als Herzogin Liutberga selbst!

*

179

Keuchend kam sie zu Bewusstsein, brachte mit Mühe ein paar qualvolle Atemzüge zustande. Als ihr Kopf allmählich klarer wurde, stellte sie ungläubig fest, dass sie sich in dem düsteren Kellergewölbe unter der Fraueninsel befand.

Sie hörte einen Mann schreien, dann plumpste ein Körper zu Boden. Aber da war noch jemand anders.

Alarmiert sah sie sich um und erkannte: Vor ihr, kaum einen Meter entfernt, lag Philipp. In seiner rechten Hand schimmerte ein blutiges Messer, und mörderische Wut brannte in seinen Augen, denn über ihm hockte eine große, schlanke Gestalt, die mit ihren Knien seine Oberschenkel auf den Boden drückte und mit beiden Händen seine Arme festhielt.

Trotz des schummrigen Halbdunkels erkannte sie, dass es Alexander Grubner war. Er musste all seine Kraft aufwenden, um den vor Zorn bebenden Philipp in Schach zu halten. Seine Arme zitterten; nicht mehr lange, und er würde die Kontrolle über ihn verlieren.

Das durfte nicht sein.

Aus den Augenwinkeln sah sie neben sich einen goldglänzenden Kerzenleuchter liegen. Entschlossen kämpfte sie sich hoch und packte zu.

Da schüttelte Philipp seinen Angreifer ab.

Noch während er aufsprang, schlug Regina mit aller Kraft zu. Philipp schrie auf und sank auf die Knie, doch ihre Angst und ihr Zorn und der Schrecken der letzten Minuten entluden sich derart heftig, dass sie noch einmal und noch einmal auf ihn einschlug, bis er sich nicht mehr bewegte.

Schnaufend stand sie da und starrte den muskulösen Körper an, den sie so bewundert hatte, die geschlossenen Augen, die für sie noch am Mittag so faszinierend gewesen waren, und seine Stirn, über die sich nun eine blutige Platzwunde zog.

»Beruhigen Sie sich. Alles ist gut. Nun kann er uns nichts mehr tun«, redete Alexander Grubner beschwichtigend auf sie ein. Dann spürte sie seine Hand auf ihrer Schulter.

»Fass mich nicht an!«, brüllte sie und riss den Kerzenleuchter hoch.

Entsetzt wich Alexander zurück und hob schützend die Hände vors Gesicht. »Ich wollte doch nur …«

Trotz des schwachen Lichts erkannte Regina, dass sich ein dunkelroter Kratzer über seine linke Wange zog. Sein Auge schwoll zu, und seine Hände waren aufgeschürft und genauso schmutzig wie die Ärmel seines teuren Anzugs.

»Entschuldigung«, murmelte sie und legte den Leuchter auf den Boden.

Eigentlich müsste ich mich jetzt bei ihm bedanken, denn er hat mir definitiv das Leben gerettet, dachte sie.

Doch dazu war sie im Moment einfach nicht in der Lage.

Er räusperte sich. »Wir sollten ihn lieber fesseln, bevor er wieder zu sich kommt.«

»Natürlich«, stimmte Regina ihm zu. »Gerade wollte ich nur … Also, es war wegen des Horrors, den ich …«

»Schon klar.« Er zog seine zweifellos sündhaft teure Krawatte aus und band Philipp damit die Hände zusammen.

»Haben Sie vielleicht etwas, womit wir ihm die Beine fesseln können?«, fragte er sie. »Zur Not kann ich meinen Gürtel nehmen, aber eine dicke Schnur oder etwas Ähnliches wäre besser.«

Regina zog die Kordel aus der Kapuze ihres Hoodies und reichte sie Alexander.

»Danke«, murmelte er und machte sich gleich wieder an die Arbeit.

Was war das? Regina fuhr herum.

Da war noch jemand.

Er lehnte im Eingangstor, nicht weit von ihr entfernt, mit der linken Schulter an der Wand. Der Strahl der Taschenlampe, der aus der Lichtnische leuchtete, erhellte nur schwach sein Gesicht. Dennoch erkannte sie ihn sofort. Tobias!

Sie war schneller bei ihm, als sie denken konnte.

»Hallo«, begrüßte er sie mit rauer Stimme.

Regina erschrak, denn seine Hüfte und sein rechtes Bein waren über und über voller Blut; es tropfte auf den Boden und schlängelte sich als dunkelrotes Rinnsal zwischen den Pflastersteinen hindurch.

Hektisch fingerte sie nach der Taschenlampe und leuchtete ihn an.

Er war leichenblass und presste seine linke Hand auf eine Wunde an seiner Hüfte, aus der immer noch das Blut quoll.

Sie wusste, dass sie nun unter allen Umständen ruhig bleiben musste. »Keine Angst! Ich kenne mich ganz gut in Erster Hilfe aus«, erklärte sie. Dabei sah sie ihm fest in die Augen und griff in die linke Tasche ihres Hoodies, in der sie gewohnheitsmäßig Papiertaschentücher aufbewahrte. Die zog sie nun heraus und drückte einen ganzen Stapel davon so fest wie nur möglich auf die Wunde.

Tobias stöhnte leise, doch seine Schmerzen durften sie nicht kümmern. Stattdessen warf sie ihm einen ermutigenden Blick zu. »Die Blutung scheint nachzulassen.«

Dabei fiel ihr auf, dass er einen Schal trug. Damit konnte sie ihm einen Druckverband anlegen.

Eilig machte sie sich an die Arbeit.

Alexander, der Philipp nun auch die Beine gefesselt hatte, erhob sich, und aus den Augenwinkeln konnte Regina sehen, dass er erschrocken zu Tobias hinübersah. Offenbar begriff er erst jetzt, was mit seinem Freund los war, denn er kam mit schnellen Schritten zu ihnen herüber.

»Tun Sie mir bitte den Gefallen und drücken Sie die Taschentücher ganz fest auf die Wunde, bis ich mit dem Druckverband fertig bin«, bat Regina ihn.

Während er den Stapel der bereits durchweichten Tempos auf die Wunde presste, schlang sie den Schal darum, zog ihn langsam immer fester und versuchte, Tobias' schmerzhaftes Stöhnen zu ignorieren.

»Das dürfte die Blutung aufhalten, bis wir Hilfe geholt haben«, erklärte sie, obwohl sie sich in Wirklichkeit keine allzu großen Hoffnungen machte.

»Es war übrigens Tobias, der Ihnen das Leben gerettet hat«, klärte Alexander Grubner sie nun auf. »Er hat Philipp daran gehindert, Sie zu erwürgen, als ich noch im Tunnel war. Aber er wusste nicht, das mein lieber Halbbruder ein Messer hatte.«

Und ich habe mir weismachen lassen, dass die beiden den alten Anton ermordet haben!, dachte Regina mit entsetzlich schlechtem Gewissen.

»Nun häng' das mal nicht so hoch«, widersprach ihm Tobias mit leiser Stimme.

Dann vernahmen sie ein leises Stöhnen aus dem Hintergrund.

»Philipp wird bald zu sich kommen«, vermutete Alexander. »Aber keine Angst. Er ist verschnürt wie eine Mumie.«

»Das ist gut«, meinte Regina. »Aber Tobias braucht so schnell wie möglich professionelle Hilfe. Und ich glaube nicht, dass er den Weg zurück an die Oberfläche schafft. Einer von uns muss also nach oben und den Notarzt rufen. Am besten auch gleich die Polizei.«

Alexander runzelte kurz die Stirn. »Sie kennen sich mit Erster Hilfe aus. Deshalb wäre es besser, wenn Sie bei ihm bleiben würden. Halten Sie das so lange durch? Philipp ist so verschnürt, dass er Ihnen hundertprozentig nichts mehr tun kann. Aber wenn es Ihnen lieber ist, dass ich bei Tobias bleibe, dann kann ich das gut verstehen, nach dem, was mein Bruder Ihnen angetan hat.«

Regina schauderte.

Auf gar keinen Fall wollte sie in dieser unterirdischen Kammer bleiben, in Dunkelheit und Kälte, allein mit diesem Verrückten und dem verletzen, wehrlosen Tobias!

Aber genau diesem Tobias verdankte sie ihr Leben. Darum würde sie ihn um keinen Preis der Welt verlassen. Was sie gerade empfand, durfte einfach keine Rolle spielen.

»Das schaffe ich schon«, erklärte sie mit belegter Stimme. »Aber Sie … Ohne Licht kommen Sie doch nie und nimmer zurück zu der Leiter.«

»Kein Problem«, meinte Tobias leise. »Schließlich haben wir auch eine Taschenlampe mitgenommen. Aber wir haben sie kurz vor dem Eingang zu diesem Raum in eine Nische gelegt. Wir konnten nämlich hören, dass hier drinnen ein Kampf im Gange war und wollten nicht, dass Philipp uns zu früh bemerkt.«

Alexander nickte nur. Er warf noch einen besorgten Blick auf seinen Freund, dann ging er zu Philipp und überprüfte ein letztes Mal, ob die Fesseln saßen, bevor er dessen Messer aufhob und es neben Regina auf den Boden legte. »Hier, für alle Fälle. Bitte passen Sie gut auf Tobias auf.«

Ihre Antwort bestand nur aus wenigen Worten: »Bitte beeilen Sie sich!«

Wortlos nickte Alexander und verließ die Kammer. Sie hörte, wie er mit erstaunlich schnellen Schritten durch den

Tunnel ging und sich schnaufend durch den ersten Durchlass wand. Dann war sie allein mit dem geschwächten Tobias und dem Mann, in den sie bis über beide Ohren verliebt gewesen war. Und der sie hatte umbringen wollen.

Aber daran durfte sie jetzt nicht denken. Tobias brauchte ihre ganze Aufmerksamkeit.

Prüfend sah sie ihn an und erkannte, dass unter dem Druckverband schon wieder Blut durchsickerte.

»Frierst du?, fragte sie ihn.

»Nicht schlimm«, brachte Tobias hervor. »Aber ich wäre froh, wenn ich mich hinsetzen könnte.«

»Warte, ich helfe dir«, antwortete sie und stützte ihn, als er sich langsam an der Wand entlang auf den Boden gleiten ließ. Dann zog sie ihren Hoodie aus, legte ihn wie eine Decke über Tobias und drückte ihre rechte Hand wieder ganz fest auf den Druckverband über seiner Wunde.

Tobias biss mit schmerzverzerrtem Gesicht die Zähne zusammen.

»Das tut saumäßig weh, ich weiß«, erklärte sie ihm. »Aber immer noch besser, als wenn du noch mehr Blut verlierst.«

Tobias nickte schwach. »Du bist echt tapfer.«

»Übertreib' nicht«, widersprach sie. »Der Einzige, der hier tapfer ist, das bist du. Wenn du eben nicht dein Leben für mich riskiert hättest, läge ich jetzt tot neben Philipp.«

»Ich wollte einfach nicht, dass er dich umbringt«, gestand er. »Jemand, der so sympathisch ist wie du …«

Regina schaute ihm fest in die Augen. »Und ich werde jetzt nicht zulassen, dass du schlapp machst. Weil du nämlich auch ein total netter Kerl bist.«

Wieder stöhnte Philipp leise. Im Halbdunkel konnte Regina nur erahnen, dass er sich auch bewegte.

Er würde bald wieder zu Bewusstsein kommen, und er lag nur wenige Schritte von ihnen entfernt.

Wieder lief ihr ein eisiger Schauer über den Rücken. Mit der rechten Hand ließ sie kurz den Druckverband los und versicherte sich, dass das Messer immer noch neben ihr lag.

»Besser, du holst dir auch noch das Ding, mit dem du eben zugeschlagen hast«, meinte Tobias. »Für alle Fälle.«

»Dann kann ich aber nicht mehr auf deine Wunde drücken, und sie fängt wieder an zu bluten«, widersprach sie.

»Das übernehme ich solange, okay?«, schlug Tobias vor.

Regina nickte, stand schnell auf und ging zu dem Kerzenleuchter, den sie achtlos fallen gelassen hatte. Dabei behielt sie Philipp ständig im Auge, der jetzt wieder ganz still dalag. Obwohl Alexander ihn tatsächlich fest verschnürt hatte, fürchtete sie sich immer noch vor ihm.

Schnell hob sie den Leuchter auf, kehrte zu Tobias zurück, hockte sich neben ihn und presste wieder die Hand auf seine Wunde. Doch der Stoff des Schals, auf den sie drückte, war schon komplett durchnässt von seinem Blut.

Trotzdem zwang sie sich zu einem Lächeln. »So, jetzt bin ich bis an die Zähne bewaffnet.«

Tobias stöhnte nur ganz leise und nickte fast unmerklich.

Er wird immer schwächer, erkannte sie. Aber er musste um jeden Preis bei Bewusstsein bleiben. Darum musste sie ihn irgendwie wachhalten.

Zum Glück fiel ihr schnell ein, was sie ihn fragen konnte: »Wie seid ihr eigentlich darauf gekommen, hier nach uns zu suchen?«

Tobias grinste schief, zumindest versuchte er es. »Ich bin euch ja vorhin am Seeufer begegnet. Philipp kannte ich zwar nicht persönlich, aber Alexander hat mir von ihm erzählt, und vor einigen Jahren hat er mir auch mal Fotos gezeigt.

Deshalb habe ich ihn sofort erkannt. Und ich wusste, dass er mit dem Rest der Familie Grubner verfeindet ist, und außerdem total fanatisch und … hm … wohl auch irgendwie krank.«

Nun atmete er tief durch. »Mir war sofort klar, dass Philipp eine Schurkerei vorhatte. Also musste ich Alexander warnen. Ich habe die halbe Insel nach ihm abgesucht. Als ich ihn endlich gefunden hatte, habe ich ihm von euch erzählt. Dann haben wir eine Weile überlegt, was wir tun sollen.«

»Ihr hättet die Polizei verständigen oder euch bei den Inselbewohnern Hilfe holen können«, wendete sie ein.

Doch Tobias schüttelte den Kopf. »Warum denn? Noch hatte Philipp ja nichts verbrochen.«

»Doch. Er hat den alten Anton umgebracht«, erklärte Regina. »Mit einem Gift, das man bei der Obduktion nicht nachweisen kann. Das hat er mir eben selbst erzählt, weil er ja davon ausging, dass ich aus diesem Tunnel nicht mehr lebend herauskommen würde.«

Tobias nickte schwach. »So etwas in der Art haben wir uns schon gedacht. Aber wir konnten es nicht beweisen.«

Ja, leider, dachte Regina. Dann wäre die Polizei jetzt schon hier. Und ein Notarzt auch.

Den brauchte Tobias mehr als dringend, denn so sehr sie auch auf die Wunde drückte, spürte sie doch, dass die Blutung immer noch anhielt. Und sie wusste absolut nicht, wie sie ihm sonst noch helfen konnte. Außer ihn um jeden Preis bei Bewusstsein zu halten.

»Und zu welchem Ergebnis haben euch eure Überlegungen geführt?«, fragte sie ihn daher, um ihn zum Reden zu bringen.

»Na ja, wir sind recht schnell darauf gekommen, dass Philipp hier auf der Insel sein könnte, um nach dem Geheimgang zu suchen. Wir haben zwar nicht daran geglaubt, dass es diesen Tunnel wirklich gibt. Trotzdem wollten wir nicht, dass er in Antons Haus eindringt. Also sind wir gleich hierher gekommen, um Wache zu halten. Aber das Gartentor stand offen, und das Gras war niedergetreten. Darum wussten wir, dass wir zu spät gekommen waren.«

Tobias musste wieder eine Pause machen, bevor er fortfuhr: »Dennoch hätten wir niemals gedacht, dass Philipp dich ... dass er dich in seine Pläne hineinziehen würde.«

Das viele Sprechen schien ihn sehr angestrengt zu haben, denn er schloss erschöpft die Augen.

»He, wach bleiben!«, rief Regina und tätschelte ihm heftig die Wange.

Da fuhr ihr Philipp Menanders Stimme wie ein Messer in den Rücken: »Hallo Regina, mein Schatz!«

Tobias riss die Augen auf. »Philipp!«

»Ja, da bin ich wieder«, antwortete der in einem sarkastischen Tonfall.

Mit wild klopfendem Herzen schaute Regina über ihre Schulter.

Philipp versuchte mit aller Kraft, sich zu bewegen. Aber Alexander schien ganze Arbeit geleistet zu haben.

Ohne ihre Hand von Tobias' Verletzung zu nehmen, rückte Regina ein bisschen zur Seite, damit sie den Gefesselten im Auge behalten konnte.

Nach einiger Zeit gab Philipp auf und hielt wieder still. »Warum kümmerst du dich bloß um diesen Kerl?«, sagte er mit der warmen Stimme, die sie so an ihm geliebt hatte. »Komm zu mir und binde mich los! Wir nehmen ein paar von diesen fantastischen Kunstwerken mit und machen uns davon. Dann werden wir sie verkaufen und ein Leben führen, von dem du vorher nicht einmal träumen konntest.«

»Du hast soeben noch versucht, mich umzubringen«, erinnerte sie ihn mit betont ruhiger Stimme.

»Das war ein Fehler, den ich schwer bereue«, beteuerte er. »Denn du bist etwas ganz Besonderes, eine Seherin, wie man sie nur selten findet.«

»Vergiss nicht: Er ist verrückt!«, wisperte Tobias ihr zu.

Philipp hob den Kopf. Zorn sprühte aus seinen Augen, als er Tobias anblaffte: »Das glaubst du wirklich, du Trottel? Dabei kennst du Regina nicht halb so gut wie ich. Und sie hat dir offenbar nie von ihren Visionen erzählt. Darin konnte sie in die Vergangenheit der Fraueninsel schauen!«

»Ich habe nicht in die Vergangenheit gesehen. Das hast du mir doch selbst erklärt«, protestierte Regina. »Alle Informationen muss ich früher schon mal gelesen oder gehört oder sonst wie abgespeichert haben. Sie waren mir nur nicht mehr bewusst. Doch im Traum hat mein Unterbewusstsein sie wieder hervorgeholt und daraus Geschichten gebastelt. Das waren deine Worte. Warum willst du uns jetzt so einen Unsinn einreden?«

Philipps Lachen klang so hässlich, dass Regina ganz steif wurde. »Ja, so etwas gibt es tatsächlich. Aber seit du mir deine erste Vision geschildert hast, wusste ich, dass mit dir etwas ganz anderes geschehen war.«

Er hat meine Zuneigung missbraucht, von Anfang an! Sogar meine Angst und meine Hilflosigkeit hat er ausgenutzt, erkannte Regina und senkte betroffen den Kopf.

Fröstelnd legte Tobias seine Hand auf ihre und drückte sie ein bisschen.

Als Philipp weitersprach, schwang wieder Sarkasmus in seiner Stimme mit. »Du hast sogar gewusst, dass die Wohngebäude des ältesten Klosters zwischen der Kirche und der Torhalle gestanden haben und noch nicht auf der Spitze der Insel. Aber das steht in keinem Geschichtsbuch, und es kommt mit Sicherheit auch in keiner Fernseh-Dokumentation vor. Nur wenige Menschen wissen das. Außer mir zählt vermutlich auch der ehrenwerte Dr. Tobias Hofrichter dazu.«

Wieder rutschte er unruhig auf dem Boden herum.

Es muss furchtbar ungemütlich auf dem Katzenkopfpflaster sein, dachte Regina mitleidlos.

»Hast du das wirklich geträumt?«, fragte Tobias.

Regina nickte nur.

»Auch den Stein, der später teilweise zur Deckplatte für das erste Grab der seligen Irmengard geworden ist, hat sie gesehen«, fuhr Philipp fort. »Regina wusste sogar, dass der Sarg, zu dem diese Platte früher gehört hat, ursprünglich mit Purpurfarbe ausgemalt war. Aber davon hat tatsächlich nur eine Handvoll ausgewiesener Fachleute gewusst – und ich natürlich, denn ich habe wirklich jede Möglichkeit genutzt, um alles über die Geschichte der Fraueninsel zu erfahren.«

Tobias' Augen wurden riesengroß. »Die Grabplatte der seligen Irmengard kenne ich. Sie liegt ja in der Archäologischen Staatssammlung.«

»Na klar«, erklärte Philipp. »Und stell dir vor: Regina wurde offenbart, dass Herzog Tassilo persönlich diesen Sarkophag anfertigen ließ. Das Kloster Frauenwörth sollte nämlich zum Begräbnisort für ihn und seine Frau werden.«

Nun war Tobias so verdutzt, dass sein Atem schneller ging. »Dr. Steidl … er hat die Grabplatte gerade untersucht. Und dabei … dabei hat er genau auf das geschlossen, was Regina gesehen hat. Aber sie konnte davon keine Ahnung haben, denn bisher hat er kaum jemandem davon erzählt.«

»Was Philipp gesagt hat, stimmt trotzdem«, erklärte Regina mit unsicherer Stimme.

»Das kann nicht mit rechten Dingen zugehen, nicht wahr?«, triumphierte Philipp, wobei er wieder so merkwürdig zappelte. »Ich hab's schon mal gesagt: Regina ist eine Seherin. Sie hat sogar das Tor zu diesem Tunnel gefunden. Und ich habe ihr angesehen, dass sie bei unserer Suche plötzlich eine Eingebung hatte. Dann ist sie in dem total zugestellten Keller schnurstracks zu dem Fass gegangen, unter dem der Eingang lag. Wie soll sie das wohl gemacht haben, wenn sie keine hellseherischen Fähigkeiten besitzt?«

»Ach halt' doch den Mund!«, fuhr Regina ihn an. »Und verschone mich mit diesem esoterischen Gequatsche von einer Seherin.«

»Trotzdem hast du im Traum Dinge gesehen, die du eindeutig nicht wissen konntest«, widersprach er, nun wieder mit sehr sanfter Stimme.

Dann stand er plötzlich auf.

Regina erschrak so sehr, dass sie keinen vernünftigen Gedanken zustande brachte. Doch seine Fesseln lagen am Boden, und er stand tatsächlich vor ihr, machte einen schwankenden Schritt, dann noch einen auf sie zu ...

In mörderischer Wut brüllte sie: »Rühr' uns nicht an!«, sprang auf, das Messer in der Hand, machte einen schnellen Schritt und stieß zu.

Aber Philipp ergriff ihren rechten Arm und hielt die Waffe, nur wenige Zentimeter von seiner Schulter entfernt, auf. Mit einer Kraft, der sie nichts entgegensetzen konnte, riss er sie an sich und umschlang sie mit seinem anderen Arm.

Von Angst und Zorn gepackt wand sie sich, versuchte, ihre Hand mit dem Messer loszureißen und ihn in den Arm zu beißen. Mit aller Kraft trat sie um sich, doch seine Muskeln waren wie stählerne Zangen. Sie konnte ihren Oberkörper kaum bewegen.

Ihre Angst wurde zur Panik; sie schrie, hörte sein bösartiges Lachen, ahnte den Triumph in seinen Augen …

Doch plötzlich verlor er das Gleichgewicht, ließ sie los und taumelte rückwärts. Etwas hatte ihn am Kopf getroffen.

Schmerzhaft landete Regina auf Händen und Knien und begriff: Tobias hatte sich hochgekämpft und den Kerzenleuchter nach Philipp geworfen.

Schnell sprang sie auf und suchte nach dem zu Boden gefallenen Messer. Da hatte Philipp sich schon wieder halbwegs gefangen. Taumelnd griff er nach dem Stab, der dicht neben ihm im Boden steckte, und riss ihn aus der Erde.

Über ihnen knarrte es, und Regina hörte ein ganz leises Rieseln.

Dann sah sie das Messer. Es lag neben Philipps linkem Fuß.

»Weg da!«, brüllte Tobias. Regina machte einen reflexartigen Satz rückwärts – und über Philipp gab plötzlich die Decke nach. Dicke Gesteinsbrocken polterten auf ihn herab, begruben ihn unter sich und erstickten sein panisches Kreischen.

Entsetzt starrte Regina auf den Berg aus schweren Steinen; nur langsam wurde ihr klar, dass der geheimnisvolle Stab mit einem Mechanismus verbunden gewesen sein musste, der die Decke zum Einsturz gebracht hatte. Und wie in einem Alptraum sah sie, dass aus dem Loch in der Decke ein schmales Rinnsal tröpfelte, dass sich rasend schnell in einen reißenden Bach verwandelte und die Kammer zu fluten begann.

Sie mussten weg von hier.

DAS ZEICHEN
DER AGILOLFINGER

Regina rannte zu Tobias, packte ihren Hoodie und warf ihn sich über die Schulter, riss die Taschenlampe aus der Nische und ergriff seine Hand. Gemeinsam schafften sie es bis zu dem schmalen Durchlass vor der Schatzkammer, dann ließ sie ihn los und wand sich als erste durch das Loch.

»Na los!«, rief sie ihm zu. »Streck mir deine Hände entgegen, schnell!«

Er tat es, und sie packte ihn, spürte, wie er sich mit den Füßen abstieß und zog mit aller Kraft. Sein Schmerzensschrei klang ihr in den Ohren, dann lag er keuchend vor ihr auf dem Pflaster.

»Na los, wir müssen aus diesem Tunnel raus!«, ermahnte sie ihn, half ihm beim Aufstehen, schob ihre Schulter unter seinen linken Arm und stützte ihn. Schwer lastete sein Gewicht auf ihr, als sie sich durch den engen Gang schleppten. Bei jedem Schritt hörte sie seine qualvollen Atemzüge. Sogar im schummrigen Licht der Taschenlampe sah sie, dass Blut aus seinem linken Hosenbein tropfte.

Das schaffen wir nicht, dachte sie.

Wieder und immer wieder drängte sich diese Erkenntnis in ihre Gedanken. Aber sie würde Tobias nie und nimmer in diesem Tunnel ertrinken lassen. Denn sie verdankte ihm ihr Leben, und er war so schwer verletzt, weil er sie gerettet hatte.

Nach kurzer Zeit hörte sie hinter sich ein Gluckern.

»Das Wasser ... läuft durch den Durchlass«, schnaufte Tobias.

Bald darauf trat Reginas Fuß leise plätschernd in Wasser.

Tobias musste es auch gehört haben, denn er biss die Zähne zusammen und wurde ein bisschen schneller.

Trotzdem reichte ihnen das Wasser schon bald bis zu den Knöcheln. Dennoch erklärte Regina mit erzwungen ruhiger Stimme: »Schau mal: Da vorne ist schon der zweite Durchlass. Der wird das steigende Wasser wieder eine Zeit lang aufhalten.«

In Erwartung der Schmerzen, die sein Weg durch das enge Loch bedeutete, schloss er die Augen. Aber er kämpfte sich weiter vorwärts.

Bald waren sie vor dem Durchschlupf angekommen. In höchster Eile wand sie sich hindurch, und Tobias streckte ihr wieder seine Arme entgegen. Als sie fast gewaltsam daran riss, brachte er nur ein qualvolles Stöhnen heraus.

»Schnell, du musst aufstehen!«, ermahnte sie ihn, als er vor ihr auf den Steinen lag. Aber sein Atem kam schnell und stoßweise, und er bewegte sich kaum.

Regina wusste nur zu gut, was das bedeutete: Der ständige Blutverlust forderte seinen Tribut.

Der Verzweiflung nahe nahm sie seine Hand und flehte ihn an: »Bitte, du darfst jetzt nicht aufgeben. Wir haben doch schon über die Hälfte des Weges hinter uns!«

Tatsächlich machte Tobias Anstalten, sich aufzurichten, also packte sie ihn unter der linken Achsel und half ihm, so gut sie konnte. Es dauerte quälend lange, bis er nach Luft ringend auf seinen Beinen stand. Schwer stützte er sich auf sie; als sie sich in Bewegung setzten, hatte sie das Gefühl, ihn mehr zu tragen als zu stützen.

Wir werden überleben. Das müssen wir einfach!, sagte sie sich immer und immer wieder, während sie sich Schritt für Schritt weiterschleppten. Ihre Schultern, ihr Rücken, ihre Beine, alles tat weh. Und schon längst war das Wasser wieder zu ihnen vorgedrungen. Und stieg unaufhaltsam.

Nach einer viel zu langen Zeit sahen sie im Schein der Taschenlampe endlich das Ende des Tunnels, den letzten engen Durchlass, hinter dem die Leiter auf sie wartete, ihr einziger Weg in die Welt der Lebenden. Regina war so erleichtert, dass ihr die Tränen kamen.

Aber was war das für ein dumpfes Grollen? Sein Ursprung schien weit hinter ihnen zu liegen, dennoch vibrierte die Erde unter ihren Füßen. Ein Rauschen folgte, schnell wurde es lauter …

Mit unendlichem Schrecken wurde Regina klar, dass in der Schatzkammer endgültig die Decke eingebrochen war. Nicht nur ein Bach, sondern ein ganzer Strom flutete nun den Tunnel.

»Lass mich hier! Rette dich selbst«, flüsterte Tobias, der die Situation trotz seines geschwächten Zustands ebenfalls erfasst hatte.

»Nichts da!«, erklärte sie. »Da vorne ist schon die Leiter. Lauf weiter!«

Es musste die Todesangst sein, die ihm die Kraft gab, noch einmal schneller zu werden. Sie klammerten sich aneinander, hasteten zu dem Loch und quälten sich hindurch, während das Wasser in rasender Geschwindigkeit stieg. Als Tobias sich nach Luft ringend und zitternd vor Erschöpfung auf der anderen Seite wieder auf die Beine kämpfte, stand es schon bis zu ihren Knien.

Plötzlich schien Licht von oben auf sie herunter.

»Da sind sie!«, rief jemand, und ein anderer sagte: »Schnell, klettert die Leiter hoch! Ihr habt nicht mehr viel Zeit!«

»Wir brauchen Hilfe! Tobias ist schwer verletzt«, antwortete Regina, so laut es ihre erschöpften Lungen zuließen.

Im nächsten Moment klatschte neben ihr ein dickes Seil ins Wasser. Sie ließ die überflüssig gewordene Taschenlampe fallen und packte es. Dabei erkannte sie, dass eine Art Geschirr daran festgemacht war. In rasender Eile machte sie es an Tobias fest, der sich halb bewusstlos mit dem letzten Rest seiner schwindenden Kraft an der Leiter festklammerte.

Wenigstens er hat es geschafft, dachte sie, als er hochgezogen wurde. Dann atmete sie noch einmal tief durch und fing an, die Leiter hochzusteigen: eine Sprosse, zwei, drei …

Doch plötzlich begann sie derart zu zittern, dass sie ihre Stirn an das Holz lehnen musste.

»Beeilen Sie sich, Regina, das Wasser steigt rasend schnell!«

Das war Alexanders Stimme. Aber Regina hörte sie kaum, denn sie war weit, ganz weit entfernt. Verzweifelt kämpfte sie gegen den Schmerz in ihren ausgelaugten Muskeln, gegen die Atemlosigkeit und den Schwindel, der sie mit sich reißen wollte, ins Nichts …

»Sie macht schlapp! So tut doch was!«, brüllte Alexander.

Vielleicht war es die Panik in seiner Stimme, die ihren Kopf klarer werden ließ. Nun wusste sie wieder, wo sie sich befand: auf einer Leiter, die in den rasant steigenden Fluten des Chiemsees stand, in denen sie zu ertrinken drohte.

»Ich musst weiterklettern«, wisperte sie. Fast mechanisch ergriff sie mit ihren steifen Händen die nächste Sprosse, hob den rechten Fuß, zog und schob sich hoch. Dabei sah sie verschwommen die Wasserfläche, die sich unter ihr wand und drehte und sich mit rasender Geschwindigkeit immer höher schraubte, schon gierig an ihren Füßen leckte ...

ICH – WILL – NICHT – ERTRINKEN!

Ihre Angst sorgte dafür, dass ihr Körper seine allerletzten Reserven mobilisierte. Keuchend arbeitete sie sich eine weitere Stufe hoch, dann noch eine.

Stehen bleiben. Durchatmen.

Weiter!

Jemand packte ihre Arme und zog sie hoch, dann lag sie nach Luft ringend auf den kalten Steinfliesen. Sie nahm noch wahr, dass Tobias neben ihr lag, sah die Blutlache, die sich auf dem Boden unter seiner Hüfte ausgebreitet hatte und dass er am ganzen Körper zitterte.

Aber zwei Sanitäter kümmerten sich bereits um ihn. »Viel später hätten wir nicht kommen dürfen«, hörte sie einen von ihnen noch sagen, bevor sie ins Nichts glitt.

*

»Wie geht es Herrn Hofrichter?«

Es war Dienstagvormittag. Regina hatte eine halbe Ewigkeit geschlafen, und erst nach dem Aufwachen war ihr klar geworden, dass sie sich im Krankenhaus von Prien befand. Ein Arzt und eine Psychologin hatten sie gründlich untersucht, und zu ihrem Erstaunen waren sie der Meinung, dass sie die Ereignisse der letzten Nacht körperlich und seelisch gut überstanden hatte.

So fühlte sie sich selbst allerdings keineswegs, denn das Grauen der letzten Nacht hatte sich tief in ihre Seele gefressen. Als die Psychologin ihr anbot, sie in den nächsten Tagen weiter zu betreuen, hatte sie dankbar angenommen.

Dementsprechend wackelig war ihre Stimmung. Und sie machte sich fürchterliche Sorgen um Tobias, obwohl ihr der Arzt versichert hatte, dass es ihm »den Umständen entsprechend« gut ginge.

Diese »Umstände« kannte sie nämlich viel zu gut.

Aber nun konnte sie ihn endlich besuchen. Gerade war sie auf dem Flur seiner Station angekommen, wo sie eine Krankenschwester nach seiner Zimmernummer fragte.

»Sie sind die junge Frau, die mit ihm in diesem unterirdischen Gang gewesen ist, nicht wahr?«, fragte die Krankenschwester sie.

»Richtig. Regina Dernkamp ist mein Name«, stellte sie sich vor.

Die Krankenschwester nickte. »Herr Hofrichter ist natürlich noch sehr schwach. Aber er muss außerordentlich robust und fit sein, denn er hat sich schon wieder erstaunlich gut erholt. Lebensgefahr besteht ohnehin nicht mehr.«

Regina atmete auf. »Wunderbar. Ich darf doch zu ihm, oder?«

»Natürlich«, sagte die Krankenschwester. »Sein Zimmer hat die Nummer 21.«

Eilig ging sie zu der entsprechenden Tür und klopfte an. Aber von drinnen war nichts zu hören.

Nervös trommelte sie mit den Fingern gegen den Türrahmen und zählte langsam bis zehn. Dann klopfte sie noch einmal, kräftiger diesmal. Doch es tat sich immer noch nichts.

Hoffentlich geht es ihm bloß nicht wieder schlechter!, dachte sie angespannt.

Da hörte sie von drinnen doch noch etwas, wenn auch nur leise. Es klang nach schlurfenden Schritten.

Ob Tobias aufgestanden war? In seinem Zustand war das mit Sicherheit keine gute Idee. Besser, sie ging zu ihm hinein.

Entschlossen öffnete sie die Tür.

Vor ihr stand ein alter Mann in Bademantel und Pantoffeln.

»Na so was!«, krächzte der verdutzt.

»Guten Tag«, antwortete sie verlegen. »Eine Krankenschwester hat mir gesagt, das sei das Zimmer von Tobias Hofrichter.«

»Sie meinen den blassen jungen Mann, den man diese Nacht hierher gebracht hat?«, brummte er. »Der schläft.« Dann humpelte er auf den Flur.

Regina schob sich durch die Tür.

Tatsächlich, da lag Tobias. Er war fast so bleich wie das Kissen, auf dem er lag, seine Augen waren geschlossen, und an seinem linken Arm hing eine Infusion.

»Hallo«, sagte sie vorsichtig.

Als er nicht reagierte, schloss sie leise die Tür und setzte sich neben seinem Bett auf einen Stuhl. Besorgt inspizierte sie die dunklen Ringe unter seinen Augen, seine geschwollene rechte Wange und seine schmalen Lippen, die an zwei Stellen eingerissen und mit weißen Tape-Streifen überklebt waren. Dann wanderte ihr Blick zu seinen breiten Schultern und seinem Brustkorb, der sich unter dem Laken langsam hob und senkte.

Plötzlich bewegte Tobias ruckartig den Kopf und murmelte: »Regina, nein! Er bringt dich um!«

»Du träumst nur«, sagte sie mit beruhigender Stimme und strich eine lange Haarsträhne aus seinem Gesicht. »Mir geht es gut. Ich sitze neben dir.«

Seine Augenlider flackerten, dann sah er sie an. Erstaunen und abgrundtiefe Erleichterung lagen in seinem Blick und noch etwas, das sie nicht so recht ergründen konnte.

»Hallo«, begrüßte sie ihn.

Tobias runzelte die Stirn. »Du bist wirklich da.«

Regina musste lächeln.

»Wie geht es dir?«, fragte er.

»Das wollte ich eigentlich von dir wissen«, antwortete sie.

Sein Mund verzog sich zu einem schwachen Grinsen. »Wenigstens hab ich kaum noch Schmerzen. Ich glaube, die haben mir irgendwas gegeben. Und ich bin fürchterlich schlapp und müde. Am liebsten würde ich die ganze Zeit nur schlafen.«

Besorgt sah sie ihn an. »Soll ich besser wieder auf mein Zimmer gehen?«

»Untersteh' dich!«, brummte er. »Erst mal will ich endlich wissen, wie du dich fühlst nach allem, was du durchgemacht hast.«

»Nicht so gut«, gestand sie. »Natürlich bin ich erleichtert. Aber ich werde die Angst und den Schrecken von gestern Nacht einfach nicht los. Im Grunde bin ich ziemlich durcheinander.« Beim Reden waren ihr Tränen in die Augen gestiegen.

»Weine ruhig«, meinte Tobias. »Du hast jedes Recht dazu.«

Sie nickte, öffnete den Reißverschluss ihres Hoodies und kramte schniefend nach einem Taschentuch. Dabei stieß sie mit den Fingern gegen etwas Hartes.

Nun erst erinnerte sie sich wieder an die Figur, die sie in der Nacht zuvor samt einem Stück Pergament eingesteckt hatte. Ob Tobias etwas damit anfangen konnte?

Schnell putzte sie sich die Nase. »Ich glaube, ich hab was für dich.«

Dann zeigte sie ihm, was sie aus der unterirdischen Kammer mitgenommen hatte.

Tobias' Augen wurden riesengroß. Er hob den rechten Arm und nahm die kleine Statue und das Pergament vorsichtig in die Hand. »Das stammt aus dem Tunnel, oder?«

»Ich habe beides bei den Schätzen gefunden«, erklärte sie. »Das Männlein steckte auf einem Holzstab, der in den Boden gerammt war. Und das Pergament lag daneben.«

Behutsam legte Tobias die Sachen auf die Bettdecke, biss die Zähne zusammen und versuchte, sich in eine sitzende Position zu hieven. Regina griff ihm unter die Arme, dann schob sie ihm ein zweites Kissen in den Rücken.

Schnaufend lehnte er sich zurück und schloss die Augen. »Puh, ist mir schwindelig.«

Er tat ihr so leid, dass sich ihr schon wieder die Kehle zuschnürte. Aber sie nahm sich zusammen und tröstete ihn: »Warte mal ab! In ein paar Wochen sieht die Welt schon wieder ganz anders aus.«

»Bis dahin werde ich die Tage zählen, fürchte ich«, brummte er. Dann hob er die Figur wieder hoch und betrachtete sie mit einem beinahe ehrfürchtigen Gesicht.

»Die Schnitzerei stammt eindeutig aus dem frühen Mittelalter«, erklärte er nach einer Weile. »Aus der Merowingerzeit, würde ich sagen, am ehesten aus dem frühen sechsten Jahrhundert.«

»Die Merowinger waren die königliche Familie, die der Vater Karls des Großen abgesetzt hat, oder?«, hakte sie nach.

Tobias nickte. »Ich frage mich nur, wie diese Figur in einen Tunnel unter der Fraueninsel gekommen ist. Das Kloster dort hat im sechsten Jahrhundert doch noch gar nicht existiert.«

Regina zuckte die Achseln. »Vielleicht steht die Antwort ja auf dem Pergament.«

Er seufzte und faltete das Schriftstück vorsichtig auseinander. »Man soll die Hoffnung nie aufgeben.«

Neugierig warf Regina einen Blick darauf.

Im ersten Moment freute sie sich, weil sie die Buchstaben recht gut lesen konnte. Aber dann musste sie feststellen, dass der Text in lateinischer Sprache geschrieben war. Und die Worte waren an vielen Stellen eigentümlich verstümmelt.

»Keine Chance«, stellte sie frustriert fest.

»Mach dir nichts draus«, beruhigte sie Tobias. »Ich komme ganz gut damit klar.«

»Tatsächlich?«, fragte sie erstaunt.

»Mhm«, machte er. »Das hab ich im Studium gelernt, in meinem Nebenfach Mittelalterliche Geschichte.«

Als er seine Augen langsam über den Text wandern ließ, wurden sie groß und immer größer. Irgendwann murmelte er abwesend: »Das gibt's doch nicht!«

Schließlich schaute er sie mit einer Mischung aus ungläubigem Staunen, Freude und Rührung an. »Dieses … Pergament ist ein unglaublicher Fund, ein …«

»Nun sag schon, was drinsteht!«, drängelte Regina ihn.

Zuerst schüttelte er nur fassungslos den Kopf. Dann räusperte er sich und erklärte: »Das Schreiben stammt aus der Zeit Karls des Großen. Es ist ein sehr persönlicher Brief, wahrscheinlich sogar der persönlichste, der aus dieser Epoche überliefert ist. Und er stammt von Herzogin Liutberga, der Ehefrau Herzog Tassilos III.«

Liutberga. Die Frau, der Regina in ihren Träumen und Visionen so nahegekommen war, deren Stimme sie immer und immer wieder gehört hatte. Ja, das war wirklich unfassbar.

»Am besten übersetze ich wörtlich, was sie geschrieben hat«, schlug Tobias vor.

Regina nickte nur, denn sie spürte, dass sie kein Wort herausbringen konnte.

Also begann er: »›Geliebter Agilulf, ich schreibe diesen Brief, weil ich deine Mutter bin und dich unendlich liebe. Du wirst mich nie kennenlernen, denn schreckliche Umstände haben mich für immer von dir getrennt, kaum dass du geboren warst. Aber du sollst wissen, wer deine Eltern sind: Du bist der jüngste Sohn von Tassilo III., dem rechtmäßigen Herzog der Bayern. Doch ein gewisser König der Franken, Karl mit Namen, hat ein Verbrechen an uns begangen. Es wiegt so schwer, dass es ihn nicht nur seine Ehre gekostet hat. Es wird auch seine Seele zerstören. Denn er hat unsere Familie vernichtet.

Dabei war es ein König der Franken, Childebert aus der Dynastie der Merowinger, der vor beinahe 200 Jahren einen Vorfahren meines geliebten Mannes Tassilo zum König der Bayern gemacht hat. Ja, du hast richtig gelesen! Nicht zu Herzögen wurden sie erhoben, sondern zu Königen, die keinen Herrn über sich haben und in allen Dingen frei entscheiden können.

Daran hatte sich nichts geändert, als Pippin, der Vater Karls, ein unsägliches Verbrechen beging: Er stürzte den letzten König aus dem Hause der Merowinger und machte sich selbst zum Herrscher über die Franken. Als er starb, bestieg sein Sohn Karl einen Thron, der ihm gar nicht zustand.

Dein Vater Tassilo war damals ein mächtiger Mann, mächtiger fast als der König der Franken selbst. Doch langsam und mit perfider Hinterlist gelang es Karl, stärker und immer stärker zu werden. Auch meinem eigenen Vater, dem König der Langobarden, entriss er das Reich und machte sich dort selbst zum Herrscher. Dann marschierte er mit einem so riesigen Heer gegen das Land der Bayern, dass wir ihm nichts entgegensetzen konnten. Tassilo, mein über alles geliebter Ehemann, war gezwungen, sein Lehensmann zu werden. Er musste ihm nicht nur den Treueeid schwören, sondern ihm sogar unseren ältesten Sohn und Thronerben Theodo als Geisel ausliefern. Dabei war unser geliebter Sohn damals erst sieben Jahre alt!

So war Tassilos Königreich Bayern durch Zwang und Gewalt ein Teil des fränkischen Reiches geworden. Aber Karl, der krank war vor Ehrgeiz und Machtgier, war sogar damit nicht zufrieden. Um noch mehr zu erreichen, musste er allerdings mit jedem Recht und Gesetz brechen – und damit mit Gott selbst.

An dem Tag, an dem mein Ehemann wie jeder Lehensmann des fränkischen Königs zum Reichstag nach Ingelheim reiste, habe ich meine Kinder zum letzten Mal gesehen. Auch meinem geliebten Tassilo bin ich danach nur noch ein einziges Mal begegnet, nämlich während jenes höchst merkwürdigen, abscheulich unehrenhaften Prozesses, den Karl in Ingelheim gegen uns geführt hat: Er warf Tassilo vor, dass er Bündnisse mit den Feinden der Franken geschlossen habe. Aber das ist niemals geschehen! Und er behauptete, mein Mann habe vor 25 Jahren König Pippin, seinem Vater, keine Truppen für den Kriegsdienst überlassen. Dabei war er damals noch gar nicht zur Heeresfolge verpflichtet!

Mit eiserner Ruhe hat sich mein Mann diese teuflischen Anschuldigungen angehört. Dann hat er König Karl vor seinen versammelten Lehensmännern mit lauter Stimme angeboten, diesen Prozess ehrenhaft zu beenden, und zwar so, wie es das Gesetz für einen Rechtsstreit vorsieht, den man nicht so einfach beilegen kann: Er hat ihn zu einem Schwertkampf herausgefordert. Aber der feige Karl wusste, dass mein geliebter Mann ein starker Krieger war, geschickter und schneller als er selbst. Darum hat er seine Macht genutzt, um Tassilo gegen jedes Gesetz und ohne stichhaltige Begründung abzusetzen und ihn in ein Kloster zu verbannen. Mir brach fast das Herz, als sie ihn abführten, diesen stolzen, gerechten Herrscher, meinen über alles geliebten Ehemann. Aber ich konnte nichts tun, denn inzwischen hatte Karl auch mich und unsere älteren Kinder in Haft nehmen lassen.

Auch dazu hatte er nicht das geringste Recht, nur einen persönlichen Grund: Er selbst wollte der neue Herrscher über die Bayern werden. Dem widersprach allerdings das verbriefte Gesetz der Bayern. Es bestimmt, dass nur ein Agilolfinger, also ein Mann aus Tassilos Familie, Herzog der Bayern sein darf. Darum machte Karl sich daran, unsere Familie auszulöschen: Er hat uns alle bis an unser Lebensende ins Kloster verbannt. Von dir aber hatte er keine Kunde, denn als ich in Gefangenschaft geriet, warst du erst wenige Stunden auf der Welt, und weil ich dich im Inselkloster Frauenwörth geboren hatte, wussten nur sehr wenige Menschen davon. Sogar Tassilo hat es, glaube ich, nie erfahren.

Als ich dich hergeben musste, zerriss es mir fast das Herz. Aber ich wusste, dass wir dich nur vor Karls Schergen in Sicherheit bringen konnten, wenn wir dich versteckten. Nun bist du an einem Ort, den auch ich nicht kenne. Aber Karl, diesem feigen Verbrecher, ist nicht gelungen, was er sich vorgenommen hat: Er hat unsere Familie nicht vernichtet. Denn du lebst, mein geliebter Sohn, und du bist frei!

An einem anderen Platz, von dem ich ebenfalls nichts weiß, befindet sich auch die größte Kostbarkeit, die deine Familie besessen hat: das Zepter der Agilolfinger.

Es sieht wertlos aus. Aber es ist das wichtigste Symbol des Herrschers der Bayern! Zwar wurde meinem Mann bei seiner Unterwerfung befohlen, es an König Karl auszuliefern, doch in Wahrheit übergab er ihm nur eine Kopie. Der echte Herrscherstab, auf dem der Segen Gottes und das mythische Königsheil deiner Vorfahren ruhen, wartet in seinem Versteck auf dich. Ich hoffe inständig, dass du ihn eines Tages finden wirst. Neben ihm wird dieser Brief liegen, den ich heimlich in meiner Gefangenschaft geschrieben habe und aus dem Kloster schmuggeln lassen werde.

Tatsächlich gibt es nur noch einen einzigen freien Menschen auf der Welt, der das Zepter unserer Familie mit Recht in seiner Hand halten darf: dich, den letzten Agilolfinger, meinen über alles geliebten Sohn.

Als ich dich zum ersten Mal sah, war mir sofort klar, dass du meinem geliebten Mann einst sehr ähnlich sein wirst. Denn ich schaute in deine Augen und glaubte, ihn selbst darin zu erkennen. Und auf deiner Schulter fand ich den Schmetterling der Agilolfinger, jenes rote Muttermal, das so viele deiner Vorfahren getragen haben – auch mein Mann und drei unserer älteren Kinder.

Nun richte ich an dich eine letzte, flehentliche Bitte: Versuche nicht, die Macht über das Reich der Bayern zurückzugewinnen! Denn der verfluchte Karl ist so stark, dass er auch dich vernichten würde. Stattdessen: Lebe! Suche dir eine Frau und führe unsere Dynastie mit ihr fort! Dann gewährst du Karl nicht den Sieg, den er längst errungen zu haben glaubt: den Triumph, unsere Familie vernichtet zu haben.

Sei gesegnet, mein Sohn, den ich an jedem Tag und in jeder Stunde meines Lebens schmerzlich vermisse. Und sei glücklich! Deine Mutter Liutberga.‹«

Tobias ließ den Brief sinken. »Das geht einem ganz schön ans Herz, nicht wahr?«

Nachdenklich strich er mit seinen Fingern über die Figur und murmelte beinahe andächtig: »Das also ist der Überrest vom Zepter Tassilos III. Nie hätte ich geglaubt, dass ich auch nur einmal in meinem Leben so etwas Bedeutsames berühren dürfte.«

Tobias sah sie an. »Gut, dass du …«

Doch er unterbrach sich und zog verdutzt die Augenbrauen hoch. »Was ist denn plötzlich los mit dir?«

Schweigend schob Regina zuerst den Kragen ihres Hoodies und dann ihr T-Shirt zur Seite.

»Du meine Güte!« Tobias wurde noch ein wenig bleicher, denn er hatte sofort verstanden. »Du … du hast ein rotes Muttermal auf der Schulter. Und es sieht aus wie … wie ein Schmetterling.«

Ihm wurde wohl schwindelig, denn er musste sich wieder in die Kissen lehnen.

Mit Mühe brachte Regina nur einen Satz heraus: »Das kann doch kein Zufall sein.«

Lange sagte Tobias nichts. »Wohl kaum«, meinte er dann. »Seit der Geburt des kleinen Agilulf sind zwar mehr als 1200 Jahre vergangen, und seine Gene haben sich mit Sicherheit so weit verteilt, dass jeder von uns ein wenig davon in sich trägt.«

Dann schüttelte er langsam den Kopf. »Aber du musst besonders viel von seinem Erbe mitbekommen haben, jedenfalls trägst du das Zeichen von Tassilos Familie: den Schmetterling der Agilolfinger. Wahrscheinlich ist das der

Grund für deine Visionen, die sich als wahr herausgestellt haben.«

Reginas Gedanken überschlugen sich: Der alte Fischer, der sie verfolgt hatte. Die Stimme, die immer wieder ihren Namen gerufen hatte. Das wiederholte Gefühl, nicht alleine zu sein. Und ja, auch ihre intensiven Träume. Alles ergab plötzlich einen Sinn. Der Richtige, auf den der Wächter Anton gewartet hatte, war niemand anderer gewesen als sie selbst!

»Agilulf hat den Brief seiner Mutter vermutlich nie gelesen. Und er hat ihre Schätze nicht an sich genommen«, überlegte Tobias weiter. »Trotzdem hat er genau das getan, worum sie ihn gebeten hat: Er hat gelebt. Er hat Kinder gezeugt. Und er hat die Dynastie der Agilolfinger fortgeführt.«

Regina nickte langsam. »Auf eine Art hat Karl am Ende also tatsächlich nicht gewonnen.«

Tobias schaute sie an, und aus seinen Augen strahlten so viel Bewunderung und Stolz, dass ihr ganz warm ums Herz wurde. »Du bist das beste Beispiel dafür. Nicht nur wegen des Schmetterlings. Denn du besitzt auch den Mut und den Kampfgeist deines Vorfahren Tassilo. Das habe ich in der letzten Nacht selbst erlebt.«

Jetzt war es Regina, der ein bisschen schwindelig wurde. Dann kamen ihr endgültig die Tränen. Sie drückte ihren Kopf in das Plumeau und weinte.

Nach einiger Zeit, als sie nur noch leise vor sich hin schluchzte, spürte sie, wie Tobias seine Hand auf ihren Unterarm legte.

Erschrocken zuckte sie zurück.

Ratlos sah er sie an. »Ich wollte dich nur trösten.«

»Das weiß ich«, erklärte sie. »Aber, um ehrlich zu sein ...
Nach meinen Erfahrungen gestern Nacht habe ich mit
Männern momentan ein Problem.«

»Das kann ich gut verstehen«, murmelte er bedrückt.

Eine Weile schaute er nachdenklich auf seine Bettdecke, doch dann zog sich eine Andeutung seines Laus-
bubenlächelns über sein blasses Gesicht. »Warte einfach
mal ab: In ein paar Wochen sieht die Welt schon wieder
ganz anders aus!«

ZEITTAFEL*

(* Für alle aufgeführten Daten gilt der Zusatz »nach Christus«.)

ab 508: Theodo I. könnte der erste Herzog der Bayern aus der Familie der Agilolfinger gewesen sein.

548 – 590: Garibald I. ist der erste sicher nachweisbare agilolfingische Herzog der Bayern.

591: Der Agilolfinger Tassilo I. wird von dem merowingischen Frankenkönig Childebert I. als König der Bayern eingesetzt.

741: Odilo, Herzog der Bayern, verliebt sich in Hiltrud. Sie ist die Tochter von Karl Martell, dem Großvater Karls des Großen, wird von Odilo schwanger, flieht zu ihm nach Bayern, heiratet ihn und bringt dort den gemeinsamen Sohn Tassilo III. zur Welt. Diese Mesalliance ist ein Skandal, der die karolingische Familienehre zutiefst verletzt, Tassilos Verhältnis zu seinem Vetter Karl lebenslang überschatten wird – und wohl auch einer der Gründe für Tassilos späteren Sturz ist.

747 oder 748: Geburt Karls des Großen.

748: Tassilo III. wird als Siebenjähriger Herzog der Bayern.

Vor 750: Geburt Liutbergas, die später als starke, kluge Frau und als Herzogin der Bayern eigenständig Politik machen wird und schon deshalb von Karl abgelehnt wird.

November 751: Der ehemalige königliche Hausmeier Pippin der Jüngere, Sohn Karl Martells und Vater Karls des Großen, entthront den letzten merowingischen König der Franken und wird von den fränkischen Adeligen zum König ausgerufen.

Juli 754: Papst Stephan II. salbt Pippin den Jüngeren zum König der Franken.

763 oder 764: Hochzeit Tassilos III. und Liutbergas.

768: Tod Pippins des Jüngeren, Karl wird König eines Teils des Frankenreiches.

771: Nach dem Tod seines Bruders Karlmann wird Karl König des gesamten fränkischen Reiches.

4.6.774: Karl unterwirft das langobardische Reich von Liutbergas Vater Desiderius in Nord- und Mittelitalien und wird dort selbst zum Herrscher.

782: Gründung des Klosters Frauenwörth durch Tassilo III. und Liutberga. Es ist als ihre spätere Grablege geplant, und Liutberga ist dessen weltliche Vorsteherin. Am Bau sind langobardische Fachleute aus Ober- und Mittelitalien beteiligt.

Zuerst entsteht die Klosterkirche, die am 1. September 782 geweiht wird. Ihre Mauern gehen noch heute bis zum Dach auf die Zeit Tassilos zurück.

Die Wohn- oder Konventsgebäude folgen. Es sind drei frei stehende, wohl zweigeschossige Häuser, die um einen offenen Hof herum im rechten Winkel zueinander am Platz des heutigen Friedhofs stehen. Der Bau im Westen dient als Herberge für hochrangige Gäste, die Nonnen wohnen im Ostbau und die Äbtissin wahrscheinlich im Obergeschoss des Nordbaus.

Zuletzt wird die Torhalle gebaut, deren oberes Geschoss als Repräsentations- und Gerichtssaal dienen soll. Der erste Bodenbelag ist ein aus purpurrotem und dunkelgrünem Porphyr bestehendes Plattenmosaik aus einer römischen Villa. In der Apsis befindet sich eine kleine Kapelle, deren Altar den Thron Christi symbolisiert, flankiert von sechs geplanten Engeln aus Stuck. Fünf von ihnen können die Künstler noch als Entwürfe in die feuchte Kalktünche an den Wänden zeichnen, bevor sie die Arbeiten einstellen müssen.

Kurz nach 784: Tod von Liutbergas Vater Desiderius in Klosterhaft in der Abtei von Corbie (heute Nordfrankreich).

3. Oktober 787: Karl marschiert mit drei großen Heeren vom Rhein, von Pförring bei Eichstätt und von Italien aus gegen

Herzog Tassilo III. Dieser ist der Übermacht nicht gewachsen und muss sich auf dem Lechfeld bei Augsburg unterwerfen, Karl den Lehenseid schwören und ihm zwölf hochstehende Männer sowie seinen ältesten Sohn Theodo als Geiseln ausliefern. Dass er Karl außerdem sein von einer menschlichen Figur gekröntes Zepter übergibt, bedeutet seinen endgültigen Verzicht auf jeglichen Herrschaftsanspruch.

Juni 788: Als Vasall König Karls will Tassilo am fränkischen Reichstag zu Ingelheim teilnehmen. Nachdem er sich dorthin auf den Weg gemacht hat, lässt Karl in Bayern die Herzogin Liutberga, ihre Kinder und Tassilos Ratgeber festnehmen und nach Ingelheim bringen. Außerdem zieht er den Familienschatz der Agilolfinger ein, der die wirtschaftliche Grundlage von Tassilos Herrschaft ist. Als Tassilos Familie in Ingelheim eintrifft, wird auch er selbst in Verwahrung genommen.

Was folgt, ist ein klassischer politischer Schauprozess.

Folgende Vorwürfe lässt Karl gegen Tassilo erheben:

1. Er soll Bündnisse mit den Feinden König Karls eingegangen sein. Tassilo hat de facto nur die traditionell eigenständige Außenpolitik Bayerns gegenüber Nachbarvölkern wie Slawen und Awaren weitergeführt. Mit Letzteren verbanden ihn althergebrachte Eide, die er nicht ohne Weiteres brechen konnte.

2. Tassilo und seine bayerischen Truppen sollen Karls Vater Pippin anno 763, also 25 Jahre zuvor, auf einem Kriegszug die Heeresfolge verweigert haben. Es ist allerdings

höchst fraglich, ob Tassilo seinem Onkel Pippin jemals den Lehenseid geleistet hat.

3. Der Herzog der Bayern soll seinen Gefolgsleuten befohlen haben, dem fränkischen König falsche Eide zu leisten. Dies ist der einzige Vorwurf, dessen Wahrheitsgehalt die Historiker wegen fehlender Quellen nicht einschätzen können. Fakt ist, dass Karl nur zwei Jahre vor dem Prozess gegen Tassilo von allen Adeligen in seinem Reich den Treueeid verlangte. Tassilo empfand sich damals allerdings noch als weitgehend eigenständigen Herrscher und könnte seinen Gefolgsleuten verboten haben, Karls Befehl Folge zu leisten.

Dass Tassilo König Karl während des Prozesses von Ingelheim einen gerichtlichen Zweikampf vorgeschlagen hat, ist nicht überliefert. Zumindest dem bayerischen Gesetz nach hätte er dieses Recht jedoch gehabt, denn der gerichtliche Zweikampf als Mittel der Rechtsfindung kommt auf den drei großen bayerischen Synoden unter Herzog Tassilo wiederholt zur Sprache. Artikel elf der Synode von Dingolfing etwa legt fest, dass ein Beschuldigter über das ihm vorgeworfene Vergehen zuerst friedlich mit dem Kläger verhandeln soll, bevor es zu einem Zweikampf zwischen Vertretern der beiden Parteien kommen darf.

Das bayerische Recht besiegelt auch das Schicksal von Tassilos Familie. Es besagt, dass nur ein Vertreter aus der Dynastie der Agilolfinger Herzog der Bayern werden darf. Dies führt dazu, dass Karl am Ende des Prozesses nicht nur Tassilo und Liutberga, die als Anstifterin und Mittäterin ihres Mannes gilt, zu lebenslanger Klosterhaft verurteilt, sondern auch all ihre

Kinder. Letzteres ist ein Urteil ohne jegliche Rechtsgrundlage. Doch Karl kann nur selbst Herzog der Bayern werden, wenn er die gesamte Familie der Agilolfinger vernichtet.

788: Frauenwörth wird reichsunmittelbar. Damit ist es direkt dem fränkischen König unterstellt.

Baustopp an der Torhalle.

Wahrscheinlich zerstören Gefolgsleute Karls des Großen Teile des Klosters und seiner Einrichtung, denn siebzig Jahre später ist Frauenwörth zum Teil eine Ruine, und der Marmorsarg, in dem Tassilo oder seine Frau begraben werden sollten, ist schwer beschädigt.

Nach 788: Karl versucht, die positive Erinnerung an Tassilo gezielt auszulöschen. Er verstreut dessen Besitz in alle Winde und zieht dessen Andenken systematisch in den Schmutz.

Ab Herbst 791: Karl hält sich fast zwei Jahre lang in Bayern auf, um vor allem von Tassilos Hauptresidenz Regensburg aus seine Herrschaft zu festigen.

Zwischen 788 und 794: Tod Liutbergas in Klosterhaft.

Anfang Juni 794: Tassilo muss auf einer Reichsversammlung in Frankfurt noch einmal um Gnade für seine angeblichen Verbrechen bitten und für sich und seine Kinder auf alle Herrschafts- und Eigentumsrechte verzichten.

Wahrscheinlich 11.12.796: Tod Tassilos III. in der Klosterhaft, möglicherweise im Kloster Lorsch (heute Hessen).

Um 857: Irmengard, eine Tochter König Ludwigs des Deutschen und damit Urenkelin Karls des Großen, wird die erste namentlich bekannte Äbtissin von Frauenwörth.

Die Einsetzung Irmengards als Äbtissin von Frauenwörth ist möglicherweise ein letzter Schritt der Karolinger, das Ansehen Tassilos III. auszulöschen. Das gelingt insofern, als Irmengard das verwahrloste Kloster zu neuer Blüte führt. Bis heute gilt sie als zweite Stifterin (!) des Klosters und wird seit ihrem Tod wegen ihrer Verdienste religiös verehrt.

16. Juli 866: Tod Irmengards. Sie wird in einem Marmorsarg beerdigt, dessen mit Purpurfarbe bemalte Grabplatte ursprünglich für den Sarkophag Tassilos oder Liutbergas vorgesehen war. Die Wahl dieser Grabplatte kann als symbolischer Akt für den Sieg der Karolinger über Tassilo und dessen Familie interpretiert werden.

Zwischen 899 und 955: Die Ungarn fallen auf der Fraueninsel ein.

11. Jh.: Das teilweise von den Ungarn zerstörte Kloster Frauenwörth wird wieder aufgebaut. Seine neuen Wohngebäude entstehen an der Südspitze der Insel, und der Campanile wird errichtet. Danach erlebt das Kloster erneut eine Blüte.

ca. 950–1200: Mit dem Ende der Ungarn-Einfälle werden im nordöstlichen Alpenvorland sogenannte Erdställe angelegt, unterirdische Tunnelsysteme mit verborgenen Eingängen, Lichtnischen, Kammern und engen Durchlässen. Allein in Bayern gibt es etwa 700 davon. Wahrscheinlich dienten sie bei kriegerischen Überfällen als Versteck. Oft sind solche

217

Erdställe der wahre Kern von örtlichen Sagen über vermeintliche Geheimgänge von teilweise fantastischen Ausmaßen. Auch auf der Fraueninsel gibt es eine solche Sage, derzufolge ein Geheimgang unter dem See hindurch bis zum Kloster auf der Herreninsel führt.

Um 1050: Frauenwörth verliert seine Reichsunmittelbarkeit und wird dem Erzbischof von Salzburg unterstellt. Es erlebt eine dritte, etwa 400 Jahre dauernde Blütezeit.

Etwa 1730: Die heutigen Klostergebäude von Frauenwörth entstehen, teilweise unter Verwendung der Mauern aus dem 11. Jahrhundert.

Um 1870: Eine Schülerin der damaligen Klosterschule soll sich in einen Fischer verliebt und sich, als sie schwanger war und von ihrer Familie verstoßen wurde, vom Campanile gestürzt haben. Angeblich kann man ihr Weinen und Klagen noch heute in bestimmten Oktobernächten unter dem Durchgang der Torhalle hören.

17. Juli 1929: Papst Pius XI. spricht Irmengard selig.

21. Jh.: Alle Personen in dieser Geschichte, soweit sie in der heutigen Zeit leben, sind meiner Fantasie entsprungen.

Alle?

Nein! Dr. Bernd Steidl, den stellvertretenden Direktor der Archäologischen Staatssammlung in München, gibt es wirklich. Ihm verdanken wir Forschungsergebnisse zur Geschichte der Fraueninsel, die so nagelneu sind, dass man sie bisher noch in keinem Reiseführer, ja nicht einmal in einer wissenschaftlichen Zeitschrift nachlesen kann. Er hat herausgefunden, dass die Mauern des Inselmünsters aus der Zeit Herzog Tassilos III. stammen und nicht erst im 11. Jahrhundert errichtet wurden, dass diese Kirche als Grablege des Herzogpaars geplant war und dass die Grabplatte der Äbtissin Irmengard ursprünglich zu einem Sarkophag gehörte, der eigentlich Tassilo oder Liutberga vorbehalten war. Viele von Dr. Steidls Erläuterungen habe ich seinem imaginären Mitarbeiter Tobias Hofrichter in den Mund gelegt. Mit seinen Forschungsergebnissen hätte sich Dr. Steidl eigentlich einen Ehrenplatz in meinem Roman verdient. Aber ich bin mir ziemlich sicher, dass er keine Lust hätte, als Komplize eines Mörders verdächtigt und mit einem Messer attackiert zu werden. Darum bleibt mir an dieser Stelle nur zu sagen: DANKE, dass Sie diese Forschungen durchgeführt haben und DANKE, dass ich Ihre noch unveröffentlichten Ergebnisse in meiner Geschichte verwenden durfte!

Weitere Bücher von der Autorin

Regina Dernkamp kehrt ein Jahr nach ihrem Abenteuer auf der Fraueninsel an den Chiemsee zurück. Sie begleitet ihren Freund, den Archäologen Tobias Hofrichter, der auf der Herreninsel einen sagenumwobenen Geheimgang sucht. Doch kaum hat Regina die Insel betreten, wird sie wie damals von unheimlichen Visionen und Träumen heimgesucht, die sie in die Zeit König Ludwigs II. zurückversetzen. Ein mysteriöser Inselkrimi, der die Leser*innen immer wieder ins 19. Jahrhundert entführt, als das Neue Schloss Herrenchiemsee erbaut wurde. Wenn Sie dieses Buch gelesen haben, werden Sie den Märchenkönig mit anderen Augen sehen!

Preis: 12,90 €, ISBN: 978-3-945292-59-4

Lesestoff für Katzenfreunde

Der junge Django genießt sein Katerleben in vollen Zügen. Bis eines Tages Katzen in seinem Dorf spurlos verschwinden, darunter die schöne Kira aus der Nachbarschaft. Panik macht sich breit und ein Katzenrat wird einberufen, um die Vermissten zu retten. Doch bald verschwindet auch ein Ratsmitglied. Der Fall scheint zunehmend aussichtslos. Da zieht Yoda, ein eigenartiger Ragdoll-Kater, im Nebenhaus ein. Er bringt Schwung in die Spurensuche. Eine spannende Verfolgungsjagd nimmt ihren Lauf. Doch führen diese Spuren tatsächlich zu den Vermissten oder werden aus Jägern Gejagte? Das gesamte Geschehen ist aus der Sicht der Katzen erzählt. Ein tierisches Vergnügen für jeden Katzenliebhaber und alle Menschen, die gerne spannende Wohlfühlkrimis lesen!

Preis: 12,90 €, ISBN: 978-3-945292-60-0